小学館文庫

勘定侍 柳生真剣勝負〈七〉

旅路

上田秀人

小学館

目次

主な登場人物

◆大坂商人
一夜《かずや》……淡海屋七右衛門《おうみやしちえもん》の孫。柳生家の大名取り立てにともない、召し出される。
七右衛門……大坂一といわれる唐物問屋淡海屋の旦那。
佐登《さと》……七右衛門の一人娘にして、一夜の母。一夜が三歳のときに他界。
喜兵衛《きへえ》……淡海屋の大番頭。
幸衛門《こうえもん》……京橋で味噌《みそ》と醬油《しょうゆ》を商う信濃屋《しなのや》の主人。三人小町と呼ばれる三姉妹の父。
永和《とわ》……信濃屋長女。妹に次女の須乃《すの》と、三女の衣津《いつ》がいる。

◆柳生家《やぎゅう》
但馬守宗矩《たじまのかみむねのり》……将軍家剣術指南役。初代惣目付《そうめつけ》としても、辣腕《らつわん》を揮《ふる》う。
十兵衛三厳《じゅうべえみつよし》……柳生家嫡男《ちゃくなん》。大和国《やまとのくに》柳生の庄に新陰流《しんかげりゅう》の道場を開く。
左門友矩《さもんとものり》……柳生家次男。刑部少輔《ぎょうぶしょうゆう》。小姓《こしょう》から徒頭《かちがしら》を経て二千石を賜る。
主膳宗冬《しゅぜんむねふゆ》……柳生家三男。十六歳で書院番士となった英才。

武藤大作《むとうだいさく》……宗矩の家来にして、一夜の付き人。
素我部一新《すがべいっしん》……門番にして、伊賀忍。
佐夜《さよ》……素我部一新の妹。一夜が女中として雇っている。

◆幕閣

堀田加賀守正盛《ほったかがのかみまさもり》……老中。武州川越《ぶしゅうかわごえ》三万五千石。
松平伊豆守信綱《まつだいらいずのかみのぶつな》……老中。武州忍《おし》三万石。
阿部豊後守忠秋《あべぶんごのかみただあき》……老中。下野壬生《しもつけみぶ》二万五千石。松平伊豆守信綱の幼なじみ。
秋山修理亮正重《あきやましゅりのすけまさしげ》……惣目付。老中支配で大名・高家《こうけ》・朝廷を監察する。四千石。
望月土佐《もちづきとさ》……甲賀組与力組頭。甲賀百人衆をまとめる。

◆江戸商人

儀平《ぎへい》……柳生家上屋敷近くに建つ、荒物を商う金屋《かなや》の主人。
総衛門《そうえもん》……江戸城お出入り、御三家御用達《ごようたし》の駿河屋《するがや》主人。材木と炭、竹を扱う。

勘定侍　柳生真剣勝負〈七〉　旅路

第一章　関所問答

一

老中は幕臣のなかでも格別の扱いを受けた。

「お先にお通りあれ、加賀守《かがのかみ》どの」

城中で出会ったときは、御三家《ごさんけ》でさえ端に身を寄せて遠慮する。

これは、神として崇《あが》められる初代将軍徳川家康《とくがわいえやす》の訓示がもとになっていた。

「宿老には敬意をもって接すべし」

天下を取るために苦心惨憺《さんたん》をした家康にとって、三河《みかわ》以来付き添い、支えてくれた酒井《さかい》や本多《ほんだ》、大久保《おおくぼ》など譜代の家臣は格別であった。

だが、それも三代目で崩れ始めていた。

御三家も一門衆も、徳川が松平《まつだいら》だったころからの者だからこそ、敬意を表してきた。それが三代将軍家光《いえみつ》によって変わった。

家光はその生い立ちに問題があったことで、性格に大きなゆがみができてしまっていた。弟を溺愛するがために、将軍継承の権利を家光から取りあげようと父である二代将軍秀忠《ひでただ》が動き、それに譜代の家臣たちが従ったのだ。

家臣としては、将軍であり徳川家の当主である秀忠の意向に沿うのが当然で、罪はないと思っていても、やられた側は忘れない。

「嫡男が世継ぎである」

家康の一声で三代将軍になれた家光が、己に対し不遜な態度を取った譜代の家臣たちを嫌ったのは当然であった。

酒井、大久保、本多などの譜代名門ではなく、家光は己のもとで小姓だった者を重用した。

それが今の執政《しっせい》たち、松平伊豆守信綱《いずのかみのぶつな》、堀田《ほった》加賀守正盛《まさもり》、阿部《あべ》豊後守忠秋《ぶんごのかみただあき》らであった。

　これら小姓出身の老中たちは、家光の引き立てで大出世したが、もとは一万石に届かない旗本の出であった。

「小身者が」

　御三家や一門からしてみれば、名前さえ知らない者だったのが、家光に従っていたというだけで、執政になった。

「蛍が」

　譜代名門にとっても腹立たしい。

　堀田加賀守を筆頭に松平伊豆守らの小姓あがりは、男色を好んだ家光の相手を務めていた。男女よりもはるかに深い愛情で繋《つな》がると言われる男色は、家光をして堀田加賀守らを唯一信用できる者として重用させ、松平伊豆守らをして家光を唯一無二の忠誠を捧《ささ》げる相手として仰ぎ見させた。

　これは家光と堀田加賀守らの間では美談であったが、そうでない者にとっては醜聞でしかなかった。

「尻を振るしか能のない」

「出自さえ明らかならざる者」

徳川を天下の主《あるじ》に引き立てるため、大きな犠牲を払ってきた譜代は、松平伊豆守らを認められなかった。

今、幕府は松平伊豆守や堀田加賀守らの執政衆と、譜代、一門たちとの間で割れかけていた。

もちろん、今は家光の力が強いため、表だっての敵対は見られてはいない。

「封《ほう》と城地を召しあげる」

「減知のうえ、移封を命じる」

王者としての寛容さを持てなかった家光は、気に入らない大名や旗本を遠慮なく潰《つぶ》した。

大名から力を奪うという家康以来の考えがあったとしても、家光のそれは異常であった。

「……我らはどうなるか」

譜代名門たちは松平伊豆守らを侮っていたが、家光のことを怖《おそ》れていた。

「いつかは嵐も過ぎる」

「公方《くぼう》さまには跡継ぎがおられぬ」

その譜代大名たちの寄る辺《よべ》は、家光に嫡男がいないことであった。

長く男色に耽《ふけ》った家光は、女を近づけようとしなかった。

「なにとぞ、この老いたる乳母に和子《わこ》さまを抱かせてやってくださいませ」

母親であるお江《ごう》の方《かた》から愛情を向けられなかった家光を、愛し慈しんだのが乳母を務めた春日局《かすがのつぼね》であった。

その春日局の願いを家光は無下《むげ》にはできなかった。

また、春日局も大奥にいる着飾った女を家光の前に出すようなまねをしなかった。春日局には分かっていたのだ。家光の女嫌いはお江の方とその尻馬に乗って家光を軽視した大奥の女たちが原因だと。

そこで春日局は評判の美少女を禿頭《とくとう》にして、墨衣《すみごろも》を身につけさせて家光の前に差し出した。

「……そなた名は」

化粧の匂いも、衣装に焚《た》きこめた香の香りもしない女に家光は興味を抱き、結果千《ち》代《よ》姫《ひめ》が生まれた。

この千代姫は生まれて一年で尾張《おわり》徳川右《う》兵衛督《ひょうえのかみ》光義《みつよし》と婚姻を約した。

しかし、その後、他の女にも興味を持って手をつけたが、家光の子は生まれていない。

「右兵衛督さまが四代さまになられるのでは」

大名たちの間では、そう噂《うわさ》が立っていた。

「ご挨拶を」

家光に嫌われている限り、当代での出世はなかった。

気の早い大名たちは、参勤交代の最中に名古屋《なごや》へ立ち寄ったり、尾張家の屋敷へ出入りしたりと、まだ十四歳の光義にすり寄る者が出てきた。

「不遜なり」

そういった動きは、いくら隠していても知られる。

参勤交代はよほどのことがない限り経路の変更はしない。東海道《とうかいどう》を使う大名は、海上を進むほうが早いし楽なのでほぼ全員が桑名《くわな》から宮《みや》まで船で移動する。それが船を使わず、わざわざ陸路名古屋を通る。通るだけならまだしも、なかには城下で宿を取る者も出てくる。

そういった連中に松平伊豆守らが怒りを覚えるのは当然であった。

かといって家光の耳に入れるのはまずかった。

家光はこらえ性がない。

「潰してくれる」

将軍がそう言えば、そうなる。それが幕府というものであった。

ただ、潰せばいいというものではなかった。

大名を一つ潰すにはいろいろとした手続きがあった。まず、潰す大名家の家老を呼び出して改易を通知、遠流《おんる》、切腹、隠居、追放など当主の処分を決め、城地収公の日時と受け取りの使者を誰にするかの調整をしなければならない。

他にもその後、城を存続させるか、破却させるかや、後の領地を誰に任せるか、幕府領にするかなども決めなければならなくなる。

さらに改易の後に誰かを動かせば、その空いたところを埋めなければならない。一人動かせば、十人に連鎖することも珍しくはなかった。

「おのれ、幕府め」

とくにまずいのが、改易で生まれる牢人《ろうにん》であった。

生活の道をいきなり奪われ、明日からの生活が困難になる。

当たり前だが、その恨みは幕府に向く。

「城を明け渡すか」

牢人たちが気勢をあげても、幕府がその気になればすぐに鎮圧できる。

「兵を出せ」

近隣の大名に押しつけるだけでことはすむ。

だが、それで万々歳というわけにはいかなかった。

「公方さまの徳が……」

地震、大火事、大雨などの天災は、百姓一揆《いっき》や謀反《むほん》などの人災と同様に、ときの施政者のせいだとされている。

そう、家光の評判が悪くなるのだ。

「やはり先代秀忠公は、よく見ておられた」

「寵愛《ちょうあい》の臣だけを重用されたつけが……」

表だって言える者はいないが、陰口はいくらでも口にできるし、拡《ひろ》がっていく。

「公方さまを……」

それに松平伊豆守らが耐えられるはずもない。

「力で押さえこむか、それともこちらから歩み寄るか」

大名たちが割れているのと同じように、御用部屋も方向性を巡って意見の相違が起こっていた。

「公方さまに逆らうなど論外である。そのような輩《やから》は放逐すべし」

松平伊豆守が強硬なことを言った。

「泰平であってこそ、名君として後世に公方さまのお名前が残る」

阿部豊後守が反対した。

「…………」

その様子を堀田加賀守が黙ってみていた。

「三四郎《さんしろう》、おぬしはどのように考えておるのだ」

無言の堀田加賀守を幼名で呼びながら、松平伊豆守が問うた。

「……そうよな」

堀田加賀守が言葉を選ぶようにしながら続けた。

「柳生刑部少輔《やぎゅうぎょうぶしょうゆう》に松平の名乗りを許してはどうかの」

「なにを言う」

のんびりとした口調で言った堀田加賀守に、松平伊豆守と阿部豊後守が唖然《あぜん》とした。

「公方さまから、刑部少輔を江戸へ呼び戻すにはどうしたらよいかと言われての」

「それも問題だが、それよりも大事なことを話しておるのだぞ」

堀田加賀守の発言に松平伊豆守が怒った。

「なあ、長四郎《ちようしろう》。公方さまのお望みを叶《かな》えるのが、我らの仕事ではないのか」

「たしかにそうではあるが、刑部少輔のことは些細《ささい》すぎるぞ」

阿部豊後守も反論した。

「伊豆守、豊後守、公方さまの威は、大名を潰すことか。違うであろう。公方さまがお口になされたすべてが実行されることこそ肝心」

二人を受領名《ずりようめい》で呼ぶことで、堀田加賀守は御用部屋の空気を一変させた。

「むっ」

「たしかに」

二人も反対できなかった。

男色好きの家光を認めない者は多かった。もともと戦場へ女を連れていくわけにはいかないというところから広まった武家の男色趣味だが、泰平で戦《いくさ》がなくなると減っていった。

なくなったわけではないが、大名や旗本のほとんどは子孫を儲《もう》けないといけないという義務もあり、それこそ元服前から女色に耽っている。

将軍家は当然、そうでなければいけなかった。

血の継承というのは、力でのしあがった者ほど重要視していた。

「なりあがり」

今はそう罵られていても、三代、四代と大名であり続ければ、もう名家といえる。

なにせ徳川家でさえ、その出自は源氏《げんじ》なのか、藤原《ふじわら》氏なのか、賀茂《かも》氏なのかわからない三河の一土豪でしかなかったのだ。

それが代を重ねたことで三河の名門となり、ついには将軍に登りつめた。一方、豊臣《とよとみ》家は秀吉《ひでよし》という一代の英傑によって位人臣《くらいじんしん》を極めたが、子孫が少なかったことでその栄誉を二代で失った。

代を重ねる。これが重要だと誰もがわかっている。

そこに三代将軍となった家光は、子を作ろうとしなかった。

「本家が絶えれば……」

万一のときに将軍を継承できる尾張徳川、紀州《きしゅう》徳川の両家が好機到来と考えたのと同じように、幕府にかかわるものは将軍継嗣に不安を持った。

なにせ徳川家は、継承の危機が何度もあったからだ。

家康の祖父清康《きよやす》が家臣によって討たれたとき、その息子広忠《ひろただ》は一門の松平信定《のぶさだ》によって本城岡崎《おかざき》城と領地を奪われ、放浪するはめになった。広忠には弟が一人いたが、幼くて力になれなかった。

そして家康である。織田信長《おだのぶなが》の父信秀《のぶひで》の侵略に耐えられなくなった広忠は、駿河《するが》と遠江《とおとうみ》に勢力を持つ今川《いまがわ》家に助力を願った。

「嫡男を駿府《すんぷ》へ寄こせ」

今川家は松平家を助ける代償として、嫡男家康を人質として要求した。

「やむなし」

状況から広忠に拒否はできなかった。

こうして家康は今川の人質として岡崎を離れ、駿府へと送られた。

紆余曲折《うよきょくせつ》はあったが、家康が人質である間に広忠が死亡し、岡崎城は今川家の代官の支配を受けることになった。

「ご当主どののためである」

家康を人質にした今川家は松平家に無理難題を押しつけ、家臣団の苦労が始まった。

そのときの苦労話を譜代たちは祖父あたりから聞かされている。

「跡取りの男子が他にもいれば……」

嫡男ではなく、次男、三男を人質にでき、広忠がなくなった後の城主として家康が君臨していてくれれば、松平家臣団の臥薪嘗胆《がしんしょうたん》はなかった。

「跡継ぎは多いほうが……」

譜代の者たちが、そう考えても無理はない。

「兄弟で争われたとしても、お血筋は変わらず」

家光、忠長《ただなが》の間でおこなわれた家督争い、一種のお家騒動よりも、幕臣たちは跡継ぎがいないことを恐怖した。

となると女を拒む家光の行動は、譜代たちの心を逆なでするものになる。

「将軍になられる前のことはいたしかたないとして……」

すでにお手つきになっている堀田加賀守、松平伊豆守らのことを排除はできない。

それこそ、寵愛を与えている家光の逆鱗《げきりん》に触れる。

「これ以上増やさないでいただきたい」

春日局を通じて譜代たちが出した願いは、家光でも一蹴《いっしゅう》できるものではなかった。

「公方さまにお世継ぎがなければ、駿河の忠長さまが四代将軍となられまする」

「それはならぬ」

弟忠長に将軍の座が渡ることになるぞという春日局ら家光を保護してきた者たちの脅しが効いた。

こうして家光は女を抱き、柳生刑部少輔友矩《とものり》を寵童《ちょうどう》とすることをあきらめた。

「我らがお閨《ねや》へ召されることはなくなった」

堀田加賀守が苦い顔で言った。

いくら寵愛しているとはいえ、すでに元服した大人の男を愛《め》でる趣味は家光にはなかった。

「少し、嫉妬を覚えたのは確かであるな」

松平伊豆守も柳生友矩を遠ざけることに賛成していた。

「なれど、それが公方さまのご権威を曇らせることになってしまった」

家光のためになると思いこんでの行動が、その機嫌を損ねている。しかも嫉妬が原因となれば、恥じ入るしかない。

阿部豊後守も肩を落とした。

「ゆえに松平の名乗りである」

「反対は出来ぬな」

「お名字まで拝しておきながら、病《やまい》で療養など許されまい」

堀田加賀守の考えを松平伊豆守と阿部豊後守が認めた。

二

淡海一夜《おうみかずや》は、柳生十兵衛三厳《じゅうべえみつよし》と二人で、東海道をのぼっていた。

「速すぎまっせ」

一夜が十兵衛三厳の足並みに苦情を申し立てた。

「そうか。だがな、武士というものは少しでも速く戦場へ着かねばならぬ。これでも遅いくらいであるぞ」

「わたいは商人《あきんど》でっせ」

「両刀を差しているのにか」

「うっ」

痛いところを突かれた一夜が詰まった。

一夜が武家を装っているのは、旅での面倒を避けるためであった。

「金と荷物とついでに命も置いていけ」

商人の旅は主家を失った牢人たちにとって、かっこうの獲物であった。

「通られよ」

諸大名が領境に設けている関所でも、武士はあっさりと通してもらえる。

「柳生藩淡海一夜、国元へ戻りまする」

天下の関所として名高い箱根《はこね》でも、名乗るだけで検《あらた》めがなくてすむ。

旅手形ともいわれる切手を取る暇《いとま》なく、慌ただしく江戸を離れた一夜である。なくとも関所を通る術《すべ》はあるが、手間と金がかかる。

「無駄金は遣えまへん」

上方《かみがた》商人は死に金を遣わない。

関所を抜けるための経費は死に金でなく、生きた金になるときもある。しかし、今回は柳生十兵衛三厳という連れがおり、武家の装束も自前である。一夜は金よりも重い両刀を選んだ。

「初めから腰に差さずとも、関所近くですればよかっただろう」

柳生十兵衛三厳が荒い息を吐く一夜を見た。

「慣れとかんとあきまへんがな。付け焼き刃には違いおまへんが、一刻（約四時間）前と峠を登ってからやと、だいぶ違いますで」

「かわらぬわ。木刀を十回振ったのと百回振ったの差なぞないと同じよ」

「うわあ、やる気の削《そ》がれるお言葉ですわ」

一夜が嫌そうに頬をゆがめた。

「やる気がどうした」

「今さらの付け焼き刃やったら、毎朝の素振り稽古をしても無駄やということでっしゃろ」

怪訝《けげん》な顔をした柳生十兵衛三厳に一夜が首を左右に振った。

「剣術の稽古と一緒にいたすな。武術は一日にしてならず。一日百回の素振りでも二十年やれば、形にはなる」

「二十年……三十路《みそじ》になってまっせ」

「生涯修行ぞ。三十路や不惑など、まだまだ若輩。還暦をこえてようやくといったところである」

「還暦……勘弁ですわ。わたいはおじいはんの店を継いで、商いを大きくして、気立てのええ別嬪《べっぴん》さんを嫁にして、かわいい子供を作るのが夢ですねん。そこに刀が入る余地はおまへんわ」

柳生十兵衛三厳の意見に、一夜がとんでもないと手を振った。

「商いを大きくする……できるだろうな。ただ……」

「なんですねん」

言いかけて止《や》めた柳生十兵衛三厳へ一夜が尋ねた。

「気立てのいい嫁はあきらめろ」

「なっ……」

「美形は否定せぬが、吾《われ》が知る限りそなたの周りにいる女は、すべて気が強いぞ」

「……聞きたくなかった」

一夜が肩を落とした。

「まだ、他の女との縁が……」

「許されると思うのか、それが」

無駄な足掻《あが》きをと柳生十兵衛三厳があきれた。

「……なあ、お兄はん」

下げていた眉を一夜があげた。

「ほう、よく気づいた」

その一夜を柳生十兵衛三厳がほめた。

「ずっと同じ歩みで付いて来てますよって、気になってましてん」

小声で一夜が応じた。

「小田原《おだわら》の宿《しゅく》を出たところから付いて来ていたな」

「そんな早《は》ようから」

柳生十兵衛三厳の答えに一夜が目を大きくした。

「剣術遣いであるぞ、吾は」

「そこに驚くはずおまへんやろ。わたいはお兄はんの実力をもっともよう知っているつもりでっせ」

不機嫌になった柳生十兵衛三厳に、一夜が勘違いだと手を振った。

「ならよいが、どこが驚きの要因になった」

機嫌を直した柳生十兵衛三厳が訊《き》いた。

「旅人を襲う盗賊なら、城下には近づきまへんやろう。小田原藩は幕府から箱根の関所を任されるほど信頼されてますねんで。それが小田原から箱根の間で盗賊騒ぎなんぞ起こされたら……」

「御上《おかみ》に叱られるな」

「はいな。よって、城下付近には十分な警戒をしてはりまっしゃろ」

うなずいた一夜が言った。

「盗賊の類いではないと」

「そう思いますわ」

「……まさか主膳《しゅぜん》の手の者では」

きっと柳生十兵衛三厳が目つきを厳しいものにした。

柳生十兵衛三厳の末弟主膳宗冬《むねふゆ》は異母弟の一夜を嫌い、なんとかして柳生家から追放したいと思っている。

「ほな、さいなら」

追放だけなら一夜は喜んで柳生家を去る。なにせ、もともと一門としての扱いなぞ受けていないからであった。

「……………」

一夜は柳生家当主但馬守宗矩《たじまのかみむねのり》が大坂の陣の折りに手をつけた女との間に生まれた。

母も但馬守宗矩の後を追うことなく実家で一夜を産んで、若くしてこの世を去ってしまった。

「哀れな子よ」

そんな一夜を祖父の淡海屋七右衛門《しちえもん》が育てた。

「ええか、商いというのは誠実と虚実の争いや」

上方でも名の知れた唐物《からもの》問屋の主人であった淡海屋七右衛門は、幼いころから一夜に商いを教えこんだ。

「これはあかんなあ」

結果、一夜は商人として育った。

「ええ、跡取りはんがいてて、淡海屋はんは幸せですなあ」

商いの才能を開花させた一夜の評判は大坂にも拡がり、いつか柳生宗矩のもとにも届いた。

「勘定方《かんじょうかた》としてちょうどよい」

機を合わすように柳生家が四千石の加増を受けて、一万石の大名となった。旗本と大名では、内政に大きな差が生まれる。とても今までのやり方ではやっていけない。

「剣は遣えても、算盤《そろばん》は持てない」

武で徳川に仕える柳生家には、銭勘定ができる者が少なかった。いや、皆無に等しかった。

「連れてこい。子は親に従うものだ」

今まで一度も手紙さえやったことのない一夜を、宗矩は無理矢理に江戸へ連れてきて、勘定方にした。

「柳生を豊かにしたらええねんやろ」

端《はな》から宗矩を父親だと思ってもいない一夜である。下手に断ってこじれたら、祖父の身に何かあるかも知れないと考えて、我慢した。

「ふざけたまねをするんやない」

世間を知らない柳生家の勘定方をごまかして粗悪な薪炭《しんたん》を納入していた商人たちを切り捨て、代わって江戸城出入りの商家を御用商人として引き入れたり、適当な金額で稽古をつけていた柳生新陰流《しんかげりゆう》道場の束脩《そくしゆう》をしっかりと取るように提案したりと改革を進めた。

「生意気な」

「卑しい商人の出のくせに」

あっという間に懸念の大部分が解消された。戦場にも出ない腰抜けと嘲笑していた商人によってである。

それが宗矩と主膳宗冬の気に障った。

「呼びつけておきながら、それかい」

一夜は憤った。

「上方の商人を、なめたらあかんで」

泣き寝入りするようでは、武士と同じく商人もやっていけない。

「あそこは押したら押しただけ引く」

商いで弱気だと取られると、それこそ身ぐるみ剝ぎにくる。それが上方商人というものであり、他人の隙や弱みを利用しないようでは商いで勝つ、すなわち儲けることはできなかった。

一夜はまず江戸一といわれる駿河屋総衛門《するがやそうえもん》と企《たく》み、柳生家の金の動きに制限をかけた。さらに柳生家に隔意を持つ堀田加賀守正盛と手を組んだ。

「…………」

老中を敵に回すことはさすがの柳生宗矩もできなかった。

「ほな、さいなら」

命を捧げるつもりなんぞ、爪《つめ》の先ほどもない。

「できる者は尊ぶべきである」

一夜の嫌う柳生家のなかで、一人毛色が違うのが、十兵衛三厳であった。

「十兵衛三厳はんのためや」

宗矩と主膳宗冬を見限った一夜は、剣術に没頭して旗本としての出世どころか、その身分さえ捨て去りそうな柳生家の嫡男を好ましく思った。

「いずれ柳生を継がれる日のために」

一夜は邪魔しかしない江戸を見放して、柳生の郷《さと》へと向かうことにした。

「一万石を二万石にはでけへんけど、年貢米を五千石から七千石に増やすことはできる」

領地の石高《こくだか》は幕府が決める。新田開発などで実高を増やすことはできるが、これは柳生家にとって鬼門であった。

表高と実高の差、つまりは隠し田を持つということになる。かつて豊臣秀吉のころ、柳生家は太閤検地《たいこうけんち》で隠し田が見つかり、それを咎《とが》められて改易の処分を受けた過去があった。

天下が定まった今、多少の差は見逃してもらえる。幕府もそれくらいはわかっている。

羹《あつもの》に懲りて膾《なます》を吹くではないが、柳生は実高の増加を避ける傾向にあった。

「新田開発で二千石増えましてございまする」

馬鹿正直に幕府へ届け出るという方法もある。

「高直しをいたす」

柳生家が一万石から一万二千石になる。

しかし、これは損しか産まなかった。

新田開発には数年から数十年の年月、そして数千両から数万両の金がかかる。言うまでもないが、大名が自領を開発するのに、幕府は助力してくれない。

持ち出しなのだ。新田開発は失敗すればもちろん、成功しても大損からの出発であった。

だからといって幕府は、そのあたりを気遣ってはくれなかった。高直しがなったときから、軍役が増える。軍役に従えば、家臣を新たに召し抱えなければならない。

いつの世でも同じだが、人を雇えば金がかかってしまう。新田開発で金のないところに、新しく人を雇う。自分で自分の首を絞めることになる。

そこで新田開発は成功しても、経費が取り戻せるようになるまで黙っているのが普通であった。ただ、過去の出来事が柳生にその手を取れなくしていた。

「米を増やすこともする」

高直しを求めるほどでない、わざわざ幕府が目付や巡見使を出してこないていどの新田開発はする。

「まあ、但馬守はんに報告するほどやないていどしかせんしな」

柳生の郷を一度見た一夜である。隅々まで確認したわけではないが、山に囲まれた領地の拡張は難しいとわかっている。

「米やのうて、金や」

そもそも一夜は年貢というものを認めていなかった。

「搾取するだけ」

自らは耕さず、ものを作らず、商いをしない。ただ武力をもって民《たみ》に負担を押しつけているのが武士であると一夜は考えていた。

「商人、百姓にも強いのはおる」

もとは牢人の出という者はそこそこいる。なかには、名の知れた武将だったものもいる。その辺の武士なら、素手であしらえた。

「強さがえらいなら、お兄はんが将軍やろ」

「他人に聞かれぬようにせい」

一夜の言葉に柳生十兵衛三厳があきれた。

「強さではない、身分は秩序だ」

柳生十兵衛三厳が一夜をたしなめた。

「身分が固まってな、いつ蹴り落とされるかわからへん……」

「だから、他人に聞こえると言っているだろうが」

柳生十兵衛三厳が、一夜の頭にげんこつを落とした。

「痛っ」

一夜が頭を押さえた。

「誰も聞いてまへんわ」

旅をしながらの会話は、よほど近づかなければ聞かれることはなかった。

「後をつけてきているのが、いるだろう」

「いてますなあ」

注意を喚起した柳生十兵衛三厳に一夜が笑った。

「……わざとだな」

柳生十兵衛三厳が一夜の意図を見抜いた。

「わたいらを付けてきているんやったら、聞きたいでっしゃろ。なにを話していたかは」

一夜が笑いを嗤《わら》いに変えた。

三

二人の後を付けていたのは、小田原藩稲葉美濃守正則《いなばみののかみまさのり》家の横目付《よこめつけ》であった。

横目付とは、幕府でいう徒目付《かちめつけ》にあたる。基本は藩内の監察をおこなうが、小田原藩は箱根の関所を幕府から預かっている。

箱根の関所も当初は幕府が直接運営していた。番所頭《がしら》となる旗本、平《ひら》の番士、中間《ちゅうげん》、小者《こもの》を交代制で送っていたが、さほど遠いとはいえない距離ながらその負担は大きい。

「早めに帰していただきたく」

また赴任した旗本たちが、山中での生活に音をあげた。

酒なり、女なり、遊びたいと思っても箱根山のなかにはなにもないのだ。非番の日に小田原城下までいけばいいといえばその通りなのだが、旗本が譜代大名の城下ではしたないまねをするのも問題になる。

「ああ」

「怪しいの」

「預ける」

困った幕府は面倒を小田原藩へ押しつけた。

そもそも箱根の関所は、西国《さいごく》からの軍勢を阻害するためにある。その西国大名に江戸へ攻めてくるだけの力は幕府に奪われてもはやなかった。

「入り鉄炮《でっぽう》に出女」

大きな意味がなくなった箱根の関所の仕事は、江戸で人質にしている大名の正室、子息、姫の逃亡を防ぐことに変わった。

謀反はまずないとわかっているが、大名たちを抑えるという手段として人質は有効である。なにより、乱世から人質を出すのは臣従の証《あかし》であった。

人質を出すことで、諸大名は幕府への忠誠を見せている。

かつて、人質を捨てて叛旗《はんき》を翻《ひるがえ》した戦国大名もいたが、それは家の存亡がかかったからであった。

天下統一がなされ、隣国から襲いかかられることがなくなった泰平の世で、人質を切り捨てるような事態は起こりえない。

「そっと落とせ」

謀反をしなければ、人質を逃がすこともなくなる。

「あれは……」

それをわかっていても小田原藩は関所へ向かう者を見張り、怪しいと思う者の後を付けていた。

「片割れの武士はかなり強いぞ」

十兵衛三厳の足配りを見た横目付が口にした。

「我らでは勝てぬな」

もう一人の横目付も同意した。

「……で、どうみる。袋井《ふくろい》」

最初の横目付が、目で一夜を示した。

「わからぬ」

袋井と呼ばれた横目付が首を横に振った。

「ただ、まちがいなく武士ではなかろう」

続けてそう言った。

「歩きかたが違う」

刀を左腰に差すため、武士の歩きかたには癖が出る。右足と左足では力の入り具合に差ができ、腰の上下に波がでた。

「身分を偽っていると咎めるか」

幕府は武士身分以外の者に帯刀を許していない。例外として、旅中の護身のために脇差《わきざし》ていどの刀を一本差すことは認めていた。

つまり、商人や百姓、職人が両刀を差すことは御法度《ごはっと》とされている。

「……難しいところよな」

袋井の問いにもう一人の横目付が悩んだ。

「問題がなければ、当家の傷になりかねぬ」

「では、見逃すと言うのか、木岡《きおか》」

眉間にしわを寄せた同僚に、袋井が険しい目を向けた。

「そういうわけではない。関所を預かっておる稲葉家が、胡乱《うろん》な者を見逃したとあっては、主の名折れになる」

木岡が否定した。

「関所で押さえるか」

「だな」

名乗るだけで通過できるとはいえ、関所番が疑念を持てば武士でも拘束できる。

「そうするか……おい」

「……なにやら話をしておるな」

二人が一夜と柳生十兵衛三厳が話をしていることに気づいた。

「聞きたいの」

「ああ」

うなずきあった二人が、足を速めて間合いを詰めようとした。

「……来たな」

「来ましたか」

十兵衛三厳の反応に一夜がため息を吐《つ》いた。

「どないです、いけますやろうか」

「いきなり物騒なことを申すの」

一夜の言葉に十兵衛三厳が苦笑した。

「負けるはずはない」

「違いますがな。そんなもの、端からわかってることでっせ」

真顔になった十兵衛三厳へ一夜が手を振った。

「誰にも気づかれず、崖下へ蹴落とせるかどうかを尋ねてまんねん」

「気づかれず……」

「はいな。返り血を浴びないのは当然、地面にも血を垂らさず、なんの痕跡もなく」

一夜が条件を口にした。

「……できるな」

少し考えて十兵衛三厳が頭を上下させた。

「いいのか」

「そのつもりで相手を威圧して欲しいんですわ」

殺す気かと確認した十兵衛三厳に、一夜が真剣な表情を浮かべた。

「吾の剣圧を脅しの道具にする」

「そうですわ。声が聞こえるくらいまで近づいてきたところで、いきなり振り向いて威圧を喰《く》らわしたって欲しいんです」

なんともいえない顔をした十兵衛三厳に一夜が頼んだ。

「いいのか、あのていどなら気を失うぞ」

「かまいまへん。そのときは放っておいたらよろし。まさか気合を浴びただけで意識を失いましたとは格好悪うて言えまへんやろ」

一夜が口の端を吊《つ》りあげた。

木岡と袋井の二人が、声を聞こうと三間（約五・四メートル）まで迫った。

「越えたの」

そう呟《つぶや》いた十兵衛三厳が、振り向きざまに殺気を飛ばした。

「あくっ」

「ひい」

木岡が気を失い、袋井が腰を抜かした。

「何者か、背後から近づくとは不審な」

十兵衛三厳が袋井を怒鳴りつけた。

「ち、違う」

袋井が震えながら首を必死で左右に振った。

「声もかけず、忍び寄っておきながら、なにが違うのだ」

もう一度十兵衛三厳が袋井に向けて声を荒らげた。

これも作法のようなものだが、武士は相手を追い越すとき、

「御免」

「先を急ぎますゆえ」

など声をかけるのが慣例であった。

言うまでもなく、闇討ちや不意討ちをしないという気遣いであった。

「ならばなぜ道の反対側を通らぬか」

十兵衛三厳が咎《とが》め立てた。

左腰に刀を差しているため、武士は追い抜くとき、すれ違うとき、相手に警戒を与えないように気を遣った。

追い越しざまに抜き打ちで斬りかかるならば、相手の左側を通り、すれ違いざまに斬るならば右側を通る。

これを守らないというのは、襲う気があると取られても仕方なかった。

「…………」

正論に袋井が黙った。

「お兄はん」

そこで一夜が前に出た。

「……うむ」

打ち合わせどおりだと言わんばかりの様子で、十兵衛三厳が下がった。

「さて、まずはそこのを起こしてもらいまひょうか」

一夜が木岡を指さした。

「あ、ああ」

言われてようやく同僚のありさまに気付いたのか、あわてて袋井が木岡を揺すった。

「起きろ、おい」

「……うああ」

揺すられて、木岡が頭を振りながら起きた。

「なにがあった」

木岡が困惑を口にした。

「あの御仁《ごじん》の気合いで、おぬしは卒倒したのだ」

「そんなことがある……」

袋井の説明を否定しようとした木岡が、地面に腰を付けていることを理解した。

「あっ」

急いで木岡が立ちあがった。

「そなたらは何者であるか」

失態を取り繕うように、木岡が威丈高《いたけだか》に一夜と十兵衛三厳を詰問《きつもん》した。

「ふんどしは大丈夫でっか」

詰問を相手にせず、一夜が木岡に訊いた。

「えっ……」

まったく関係のない質問に木岡が戸惑った。

「ふんどし」

もう一度一夜が繰り返した。

「…………」

木岡が黙った。

人は気を失うと、体中の力が抜け失禁することがある。それを一夜は指摘したのだ。

「で、わたいらがなにものかとお尋ねですな」

「ま、待て」

話をもとに戻した一夜に袋井が手を振った。

「誰何《すいか》したんは、そちらでっせ」

一夜が返した。

「しばし、待て」

「行きまひょうか。わたいらが付き合う理由はおまへんし」

「そうだの」

繰り返した袋井を相手にせず、一夜が十兵衛三厳を促した。

「待て」

「他に言うことおまへんのか」

一夜があきれた。

「第一、誰かもわからん連中の言うことをなんで聞かなあきまへんねん」

すっと一夜が目を細めた。

「あっ」

袋井が間の抜けた声を出した。

「山賊、野盗の類いならば……」

十兵衛三厳が刀の柄《つか》に手を置いた。

「ち、違う」

先ほどの気迫を思い出したのか、袋井が顔色をなくした。

「我らは小田原藩の横目付である」

「証は」

身分を明かした袋井に一夜が注文を付けた。

「そんなものはない」

当たり前である。道中手形さえ不要な武士が、領内で身分を示すものを持ちあるくことはなかった。

「……ほう。で、わたいらになにか用でも」

一夜が用件を問うた。

「なにものかと訊いたであろう」

袋井がいらついた。

「よろしいか、お兄はん」

ちらと十兵衛三厳を見た一夜が許可を求めた。

「かまわぬぞ」

名乗りを十兵衛が認めた。

「我らは大和《やまと》柳生家の者。柳生十兵衛とその弟の一夜である」

威厳をもった一夜が名乗りをあげた。

「柳生家の十兵衛……あの新陰流の」

袋井が息を呑《の》んだ。

「あの気迫もわかる」

少し立ちづらそうにしている木岡が納得した。

「国元へ戻る最中である」

十兵衛三厳は辞したとはいえ、三代将軍家光の小姓を務めていた。家督をまだ継いでいないが、その身分は旗本に準ずる。

いかに横目付であろうが、旗本をどうこうすることはできない。

「証はござろうか」

袋井が問うた。

「ふっ」

一夜が鼻で嗤った。

「……………」

その意味を悟った袋井が黙った。

「では、もうよいな。暗くなる前に三島《みしま》へ着いておきたいゆえ」

十兵衛三厳が背を向けて歩き出した。

「……次はないで」

一夜も釘《くぎ》を刺して、十兵衛三厳の後を追った。

「どうする」

「みょうだと思わぬか」

終わりにするかと問いかけた木岡に、袋井が顔を向けた。

「なんのことだ」

わからないと木岡が首をかしげた。

「気がついていなかったのか、柳生家十兵衛どのの同行者よ」

「あの上方訛《なま》りの」

「そうよ。あやつ柳生家の十兵衛どのの弟とは言ったが、名前を口にはしなかったぞ」

袋井が一夜の名乗りがなかったと指摘した。

「そういえば……」

木岡も思い出した。

「だが、柳生家の十兵衛は本物だぞ。あの剣気は並みのものではない」

「天下には達人がどれほどいる。塚原卜伝《つかはらぼくでん》、上泉伊勢守《かみいずみいせのかみ》、小野忠明《おのただあき》、皆死して今はいないが、その弟子たちはおろう」

「偽者だと」

袋井の話に、木岡が目を大きくした。

「わからぬ。されど、怪しいのは確かだ」

「……どうする」

悩む袋井に、木岡が質問した。

「もう一度詰問……」

「できぬぞ。柳生家の者と名乗っている。その真偽を確かめるには、少なくとも我らが横目付であることの証が要る」

「城に戻って、ご家老さまの書付でもいただくか」

「その書付が本物だという証をどう立てる」

木岡の案に、袋井が首を横に振った。

「なにもできぬではないか」

言われた木岡が嘆息した。

「身分が明らかで、誰何する権を持つ者がおろう」

「関所番か」

袋井の出した名前に木岡が身を乗り出した。

「関所であの名乗らなかった男のことを調べさせればよい」

「少なくとも名乗りはするか」

関所は小田原藩が幕府から預かっている。そこに勤める関所番頭たちは、小田原藩士ながら、幕臣同様の扱いを受けた。

「では、急ごう」

「先回りじゃ」

二人の横目付が街道を外れ、抜け道を駆けた。

四

箱根の関所は、小田原の宿場から登り四里八丁（約十七キロメートル）、三島宿まで下り三里二十八丁（約十五キロメートル）あった。

とくに小田原から箱根の関所に至る途中の胸突き八丁、七曲がりなどが難所として知られ、旅慣れた者でもかなりのときを要した。

「はあ、はあ」

その難所を一夜が荒い息を吐きながら登っていた。

「息を吸うな。吐け」

「先に吐いたら、身体《からだ》のなかの空気が全部なくなりまっせ」

「文句を言わずに、さっさと吐かぬか」

「理不尽やなあ」

叱られた一夜が文句を言いながら、吐いた。

「ゆっくり吐いて、ゆっくり吸え」

「…………」

「どうだ、少し楽になったであろう」

「……ほんまに」

　確認した十兵衛三厳に一夜がうなずいた。

「息は大事であるぞ。息を整えられるようになれば、剣は初心者を脱する」

「剣はよろしいねん」

　なにごとも剣に結びつけようとする十兵衛三厳に、一夜が手を振った。

「学ぶ機会を与えられたのだぞ」

「生涯使う予定のない知識とか技のためにときを無駄遣いするのはどうかと」

　まだ粘る十兵衛三厳に、一夜が苦笑して見せた。

「口の減らぬやつだ」

「商人でっさかいなあ。口先だけで商いすることもおますねん」

　ため息を吐いた十兵衛三厳に一夜が笑いかけた。

「商いの極意は誠実ではないのか」

十兵衛三厳が首を横に小さく振りながら、言った。

「誠実は基本。そのうえに手管というものがありまっせ」

「手管だと思え。商いは真剣勝負なんだろう」

日頃からそう口癖のように言っている一夜に、十兵衛三厳が言った。

「真剣勝負というのは、心構えのことでっせ。相手を脅すのはあきまへん」

先ほどの殺気のことを一夜は口にした。

「そなたの注文に応じたのだぞ」

十兵衛三厳があきれた。

「対価はわたしまっせ。国元に着いてからですけど」

一夜がするっと十兵衛三厳の苦情を流した。

「まったく、どう育てばこうなるのだ」

「上方では普通でっせ」

なんともいえない顔で見つめる十兵衛三厳に一夜が返した。

「さて、息も整ったであろう。行くぞ」

「ふう」

先に歩き出した十兵衛三厳の背中を、一夜が恨めしそうに見た。

関所を通らずに峠を越えるのは重罪であった。

当然、関所を預かる小田原藩の家中はその手の抜け道を熟知している。その抜け道の一つを使って木岡と袋井は箱根の関所に一夜たちよりも早くに到達した。

「関所番頭どのはおられるか」

箱根の関所の江戸口を守る足軽に、袋井が問うた。

「横目付の袋井さま……なにかございましたか」

門番足軽が尋ねた。

「そなたが知るべきではない。急げ」

「失礼をいたしました」

叱りつけるように言われた門番足軽が関所の建物へと走った。

横目付という役職があるとはいえ、関所のなかは小田原藩ではなく幕府の支配地になる。勝手に入りこむのは、まずい。

「……こちらへ」

すぐに門番足軽が戻ってきて、二人を誘《いざな》った。

関所は江戸口から入って右手に番所、左手に足軽小者の詰め所がある。関所番頭は番所側の向かって右手にある上座敷にいた。

「急ぎだそうだが、ここで話せることか」

関所番頭が二人に問うた。

上座敷は旅人の検めをする面番所とも、実務をする番士たちの詰め所とも続きになっている。内密の話には向いていなかった。

「できれば内密に」

「承知した。では、こちらへ参れ」

関所のなかにいるかぎり、関所番頭は旗本としての格を持つ。横目付相手でも怖れることはない。

「ここでいいな」

関所番頭は、奥の休息所へ二人を連れこんだ。

「かたじけなし」

まずは礼を口にして、袋井が説明を始めた。

「柳生家の嫡男どのを名乗った者と、その弟」

聞いた関所番頭が困惑した。

「兄だけ名乗り、弟は名も告げぬとは訝《いぶか》しいの」

関所番頭が難しい顔をした。

「とはいえ、それだけではいささか弱い」

いくら旗本に準ずるとはいったところで、本物にはかなわない。

「十兵衛どのではなく、その弟というものを狙えば……」

「……それしかないか」

木岡の提案を関所番頭が認めた。

「だが、申しておくぞ。疑わしくないとわかれば、その場で終わりじゃ」

役儀のうえにも限界がある。ましてや将軍家剣術指南役の柳生を怒らせれば、主家に報復がいきかねなかった。

「わかっておる」

そのあたりは役人として、踏み越えてはいけないとわかっている。

袋井が首肯《しゅこう》した。

「では、おぬしたちは姿を見せるなよ」

引っこんでいろと指示して、関所番頭が上座敷へと帰った。

芦《あし》ノ湖《こ》を隣に見ながら、ようやく一夜と十兵衛三厳は箱根の関所に着いた。

「やっとやあ」

見えてきた関所の門に一夜が歓喜の声をあげた。

「そなたはもう少し鍛えねばならぬ。汗を掻《か》きすぎぞ」

十兵衛三厳が嘆息した。

「しかたおまへんで。上方にこんな山はおまへん。柳生でもそうでっしゃろ」

「生きるか死ぬかの境目でも、そのような減らず口をたたけるか」

反論した一夜を十兵衛三厳が睨《にら》んだ。

「そんな場面に遭わんようにしますし、今回はお兄はんが一緒ですよって、安心」

「それが減らず口だと……」

十兵衛三厳が情けなさそうに首を左右に振った。

「待ち構えてますやろうな」

一夜が話を切り換えた。

「当然だな。あれだけ虚仮《こけ》にされて黙っているとは思えぬ」

横目付は監察と同時に捕縛もおこなう。幕府の徒目付が御家人《ごけにん》のなかで武に優れた者から選ばれるのと同じく、諸藩の横目付もそれなりの武芸者でなければ務まらなかった。

その横目付が、殺気を浴びせられただけで腰を抜かし、失禁してしまった。それが知られれば、お役御免はもちろん、末代までの恥さらしになる。

どこかで圧をかけるか、恩を売るか、どちらかをしないと安心できない。

「今度もごまかしとはいきまへんか」

「関所は御上のものだぞ。馬鹿なまねをするな」

口八丁でどうにかと言った一夜を十兵衛三厳がたしなめた。

「とりあえず、吾が相手をする。そなたはおとなしくしておれ」

「そうさせてもらいます」

釘を刺した十兵衛三厳に一夜がうなずいた。

「通る」

「……………」

武家の通過を制限することはできない。

一言告げた十兵衛三厳に、門番足軽が軽く黙礼をした。

面番所はそのまままっすぐ歩けば着く。

「お先にどうぞ」

順番待ちをしていた行商人風の男が、武家を見て譲った。

「すまぬの」

こういった厚意を断ると、そこで面倒が起こりやすくなる。

「商人風情が」

「気が利かぬ」

譲られた武家ではなく、関所番が商人を睨むのだ。結果、面番所での遣り取《やと》りで嫌がらせを受けることもある。

「切手の字がかすれておる」

「荷物をすべて検める」

手形に不備があれば、もう一度新しいのを取るか、近隣の大名家、代官所で仮の切手を発行してもらわなければならなくなる。

「髪型が違う」

なにせ道中で初潮を迎え、慣習として童女髪から桃割れに変えただけで通行を拒まれたという実例がある。

旅人にとって、関所は金が要らないだけで厄所であった。

「次……お出《い》でなされよ」

待っている旅人を呼び入れようとした足軽が、十兵衛三厳に気付いて、対応をていねいなものにした。

「うむ。参るぞ」

「………」

応じた十兵衛三厳に誘われて、一夜が無言で続いた。

「御免」

面番所の敷居を十兵衛三厳がまたいだ。

「そこにてお控えあれ……役儀により、言葉をあらためる」

当番の関所番が土間に十兵衛三厳と一夜を留《とど》め、背筋を伸ばした。

「姓名を問う」

「大和柳生家嫡男十兵衛三厳」

「おおっ」

関所番、書記役らが十兵衛三厳の名前にどよめいた。

「もう一人は」

「同じく四男一夜」

十兵衛三厳が一夜に代わって答えた。

「柳生家は四人兄弟であるが四男は身体が弱く、仏門に入るはずだが」

関所番頭が口を挟んだ。

稲葉藩の当主正則はまだ幼いが、先代正勝《まさかつ》は長く幕府で執政を務めていた。その関係で、稲葉藩は名の知れた大名家、旗本家の内情に詳しかった。

「ゆえあって」

詳しくは訊くなと十兵衛三厳が告げた。

どこの家でもなにか不都合はある。女中に手を出してできた息子や娘は、跡継ぎがいないならば別だが、正室の血を引く嫡男がいると邪魔でしかない。

他にも当主がかなりの歳《とし》になってからとか、元服前とかに子を産ませたというのは醜聞になる。

そういったところから、庶子を表に出さないことはままあった。

言うまでもなく、そこを深く掘り下げないのも武士の情けであった。

「どちらへ参る」

「国元へ」

武士は名前と行き先を言えば、それで終わるのが箱根の関所の慣習であった。

「もうよいな」

遣り取りは終わったと十兵衛三厳が背を向けようとした。

「一夜とやら、そなたにも訊く。名前は」

関所番頭が一夜に目を向けた。

「淡海一夜」

「……淡海。柳生ではないのか」

「母方の姓でござれば」

妾腹《しょうふく》の子供に家名を許さないのはままあった。

「胡乱であるな」

関所番頭が眉間にしわを寄せた。

「どこへ行く」

「大和柳生の荘《しょう》へ」

国元と言えばふるさとになってしまう。一夜は大坂をふるさととしている。大和柳生はあくまでも赴任地でしかなかった。

「なにをしに」

「藩政の確認」

余計なことを言うなと注意を受けたばかりである。一夜は短く答えた。

「そなた武士ではあるまい」

関所番頭が一夜を怒鳴りつけた。

「待たれよ、番頭どの」

すっと十兵衛三厳が割って入った。

「庶子であったため、こやつは市井《しせい》で育った。武士ではないと見えるが、まちがいなく当家の臣である」

十兵衛三厳が述べた。

「柳生家へ問い合わせてもよいのだな」

「もちろん」

関所番頭の確認に十兵衛三厳がうなずいた。

「では、それまで留まるように」

「……留まる」

十兵衛三厳が関所番頭の決定に眉をひそめた。

「関所を通さぬと」

低い声で十兵衛三厳が関所番頭に問うた。

箱根の関所の江戸口、三島口には少ないながら宿屋があった。着いたら関所が閉まっていたとか、峠越えで身体を壊してしまったとかいう連中が利用した。

「柳生家を敵に回す気か」

「関所番を脅すか。それこそ柳生家に傷を付けるぞ」

大名から牢人までいろいろな旅人を相手にする関所番頭は、小田原藩でも世慣れた者でなければ務まらない。十兵衛三厳の睨みを関所番頭はいなした。

「こやつっ」

あからさまな嫌がらせに、十兵衛三厳が怒気を発した。

「お兄はん」

そっと十兵衛三厳の肩に一夜が手を置いた。

「なんだ」

「交代や」

振り向いた十兵衛三厳に一夜が言った。

第二章　鰹節一本と猫四匹

一

三男主膳宗冬の失敗と嫡男十兵衛三厳の反抗に柳生但馬守宗矩は愕然《がくぜん》とした。

しかし、呆然《ぼうぜん》としている暇はなかった。

「保科肥後守《ほしなひごのかみ》に会津《あいづ》をくれてやりたい」

家光から柳生宗矩はそう頼まれて、いや命じられていた。

「報酬の前渡しか」

四千石という加増は、六千石の旗本にとって大きすぎた。なにせ身分さえ変わってしまったのだ。

一万石、最低とはいえ柳生家は譜代大名になった。

関ヶ原《せきはら》の合戦のおり、徳川家へ参陣を願った柳生は外様《とざま》扱いされるはずであった。それがたいした手柄もなく戦が徳川圧勝で終わってしまった結果、褒賞は旧領回復だけであった。もともと柳生家の領地は二千石と少ない。徳川に随臣したことで旗本となった柳生家は、譜代扱いされた。これが今の譜代大名の地位に繋がった。

他にも将軍家剣術指南役という肩書きもある。

「教えに従い、精進する」

歴代将軍が剣術の稽古を始める前に、柳生家へ差し出す誓紙がある。それが剣術にかかわることだけとはいえ、将軍が礼を尽くすのだ。その相手が外様大名では、都合が悪い。

いろいろな偶然と思惑が重なって柳生家は譜代大名になった。

「……出世はここまでだな」

柳生宗矩が嘆息した。

将軍家剣術指南役という家職を得た。このおかげで柳生家は子々孫々まで安泰になった。とりあえず剣を振るえるだけの能力があれば、謀反か将軍家を殺そうと刃《やいば》でも向けない限り潰されることはない。

なにせ将軍の師範なのだ。幕府の根本でもある儒教《じゅきょう》でいけば、親と同じように敬意を表さなければならない相手である。

「気に入らぬ」

いかに将軍家とはいえ、そのていどの理由では咎めることはできなかった。

もちろん、やりようはある。

「小野家と仕合え」

もう一つの剣術指南役である小野派一刀流《いっとうりゅう》との仕合をさせる。勝てばいいが、負けるあるいは引き分けたときは難癖が付けられる。

「一万石ももらっていながら、八百石の小野に勝てぬとは。まったくもって情けない。もう一度鍛錬し直せ。剣術指南役を解く」

まず将軍の師範という称号を剝奪する。そうすれば後は、旗本に戻そうが、潰そうが将軍の思うがままであった。

「会津藩加藤《かとう》家を転じるなり、潰すなりするだけの名分を用意せよとのお指図は、猶予であろうな」

長く惣目付《そうめつけ》として諸大名を監察し、潰してきた柳生宗矩である。家光の密命の裏にあるものに気づいていた。

「左門《さもん》を差し出せ……」

柳生宗矩がつぶやいた。

加藤家をどうにかできたならばそれはそれでよし。しくじれば、その責任は柳生宗矩が負わなければならなくなる。

密命ゆえ表沙汰にできないから、責任を取らされることはないと考えるのは甘い。相手は三代将軍、天下人なのだ。

それこそやりようはいくらでもある。

「天草《あまくさ》にて一万五千石を与える」

見た目は加増だが、先年大きな百姓一揆があり、領地は荒れ果てている。なんとか残った者たちが復興に努めているがとても間に合っておらず、実高は表高の半分もいかないと家中《かちゅう》から不満があがっているという。

「奥州《おうしゅう》棚倉《たなぐら》で六万石」

というのもあり得た。

山間《やまあい》で田畑が少ないうえ寒冷による被害が頻発する奥州棚倉は、なぜか表高五万石になっているが、実収は五千石ほどであった。

「大名としての勤めを期待する」

参勤交代をしなければならなくなる可能性が高い。

将軍家剣術指南役という役柄上、江戸定府《じようふ》となっているが、さすがに石高が増えると問題が出てくる。

「なぜ柳生だけが」

格別扱いは嫉妬を呼ぶ。

武術のなかで剣術はさほど地位が高いものではなかった。

かつて織田信長に桶狭間《おけはざま》で討ち取られた今川治部大輔義元《じぶたいふよしもと》が、海道一の弓取りと怖れられていたことからもわかるように、武士の表芸の第一は弓であった。そして第二は槍術《そうじゆつ》とされている。

「将軍が槍を遣うようでは、戦は負けである」

そういった風潮もあり、槍は重要視されていないが、弓術や馬術は別であった。

当然、幕府には弓術指南役、馬術指南役もいる。ただ、そのすべてが旗本であり、立身はしていなかった。

「役に立っておるまいが」

柳生宗矩にしてみれば、その手の妬《ねた》み嫉《そね》みは相手にするほどのものではなかった。

「吾は惣目付として、御上のお役目を果たした」

大名になったのは、その功績を幕府が認めたからである。

「公方さまのお相手だけで加増を受けようなど厚かましい。指南役は家業、それで禄をもらっているならば、誠心誠意勤めて当然である」

正論であった。

しかし、正論が通るとは限らないのが世間であった。

「息子の尻を差し出してまで、出世したいか」

「武士として恥を知れ」

世間における柳生家の評判はこのようなものだ。

「病の療養をさせまする」

少しでも悪評を遠ざけようと、柳生宗矩は家光の寵愛を受けていた次男左門友矩を江戸から離し、国元へ幽閉した。

このことが家光の機嫌を損ねた。

天下に名だたる美女であった母藤《ふじ》の血を引いた左門友矩は、見惚《みと》れるほどの美少年であった。

「左門友矩めにございまする」

御前をしくじった嫡男十兵衛三厳の代わりに、左門友矩は十五歳で家光の小姓となった。

「さすがに元服していれば、公方さまもご興味を抱かれまい」

寵童は前髪を付けた十歳ていどの者が多い。

だが、柳生宗矩の思惑はあっさりと覆された。

「夜番をいたせ」

初お目見えの日に、左門友矩は家光の褥《しとね》に呼ばれ、寵愛を受けた。

それほど左門友矩の美貌はすごかった。

「左門、左門」

それ以降、家光は左門友矩を側《そば》から離そうとはしなくなった。

「供をいたせ」

家光が上洛するときも連れて行き、

「官職をくれてやる」

柳生家の跡継ぎでもない左門友矩を、家光は刑部少輔という官職に就けた。

「山城国《やましろ》相楽郡《さがらのこおり》において、二千石を与える」

さらに領地を下賜し、旗本に列した。

「すさまじいの蛍は」

これに大名、旗本があきれた。

同じ恩恵を松平伊豆守、阿部豊後守、堀田加賀守らも受けているが、老中までのぼってしまうと陰口もたたけない。

「公方さまの思《おぼ》し召しに苦情を申すのだな」

もし、耳に入ればただではすまない。

それに比して、柳生宗矩は当てこすられやすかった。

「大名に処罰を与える公明正大なる惣目付が、息子のおかげで立身」

監察という役目は、わずかな傷でも務まらなくなる。

「惣目付が賄《まいない》を受け取っていた」

「大名の姫に夜とぎをさせた」

　これは惣目付の正義を地に落とすだけでなく、幕府の権威も崩す。

　乱世を生き抜いてきた大名たちである。潰されるだけの弱い者ではない。どうせならと巻き添えにしかかる。

「無駄にあがくな」

　そう糾弾できるよう、惣目付は清廉潔白でなければならなかった。

　ゆえに柳生宗矩は左門友矩を家光から引き離した。

　あからさまに仮病とわかっている。なにせ、柳生宗矩からその願いが来る前日まで、閨で戯れていたのだ。

「病とあれば、やむを得ぬ。身体を愛《いと》えと伝えよ」

　だからといって仮病だと騒ぎ立てるわけにはいかなかった。家光は愚かではない。

　左門友矩がどのように幕臣たちから見られているかもわかっている。

「ご自重を願いまする」

　事実、御三家や譜代の名門から苦言を呈されてもいる。

「躬《み》は将軍である」

権威を振りかざせば、黙らせることはできる。

その代わり、不満が底に溜《た》まっていく。

「暗君」

そして家光の評判は墜《お》ちる。

「名君でなければならぬとお考えである」

柳生宗矩は家光の渇望にかけた。

弟忠長こそ将軍にふさわしいと、父秀忠、母お江《ごう》の方だけでなくほとんどの大名、旗本が考えていた。

「将軍は嫡流、長幼の序に従うべし」

神より偉い徳川家康の一言で家光が三代将軍になった。

「吾《わ》が父は初代さまである」

忠長だけをかわいがった秀忠を家光はいなかったものとした。

「二世将軍」

自らのことを二世将軍と称したほど、家光は家康に私淑した。

「父は天下を統一なされた。三国一の武将である。その子として恥じぬようにせねばならぬ」

家光は家康と並ぶと決意した。

名君でなければならないという考えは、家光のなかで大きい。だから左門友矩のことも渋々ながら認めた。

「あきらめられるはずもなし」

己のものだと思っている左門友矩を遠ざけられた。これを家光は腹立たしく思っている。

「そこで柳生を加増した」

一万石、大名になったことで柳生宗矩は惣目付を辞すことになった。惣目付は旗本の役目で、大名は監察される方だからである。

「そして、会津への策謀」

たしかに柳生はその地理的な関係から、伊賀者《いがもの》と付き合いが古い。忍《しのび》を使えるのは大きい。

「……しくじれぬ」

状況は柳生宗矩にとって最悪とまではいかなくとも、かなり悪い。

「手が足りぬ」

ことがことだけに、人手はいくらあっても足りない。

なかでも現場に出ている忍たちを統括し、状況によってどのようにするかを判断できる、いわば将ともいうべき者がまったくいなかった。

「主膳をと思っていたが……」

一族だと配下たちの統率がしやすい。

「商人ごときにあしらわれるとは」

柳生宗矩は一夜が十兵衛三厳を巻きこんだと考えていた。

「儂《わし》が出向くことはできぬ」

将軍家剣術指南役という役目もあるが、参勤交代でもないのに大名家の当主が他領へ足を踏み入れるのはまずかった。

「ようやく会津で足がかりができたというに」

細工をさせるために伊賀者を数人会津へ先乗りさせている。その伊賀者から連絡があったばかりであった。

「どうする……」

柳生宗矩が苦吟した。

二

箱根の関所の面番所で一夜がにやりと笑った。

「さて、まずはもう一度名乗りましょう。柳生但馬守が一子淡海一夜でござる」

「なぜ名字が違う」

関所番が間を置かずに突っこんできた。

「柳生の名乗りを拒んだからですな」

「拒んだ……」

あっさりと言った一夜に、関所番が首をかしげた。

「そのへんは、こっちの事情ですので。これ以上は御免被りましょう」

大名家の内情にくちばしを突っこむなと一夜が釘を刺した。

「しかしだな、それを知らねばそなたの言うことが真《まこと》かどうかの判断ができぬ」

「覚悟はあると」

「えっ……」

一夜に見つめられた関所番が戸惑った。

「小田原藩稲葉家さまにも陰はございましょう。それが表に出てもよいと」

「なにをっ……」

「待て、内間《うちま》」

反応しようとした関所番を関所番頭が抑えた。

「頭、なれど」

「柳生家は先日まで惣目付であったのだぞ」

「……………」

役目を離れても、在職中に調べたことは握っている。それが稲葉家のものでないとは断定できなかった。

「賢明なお方ですなあ」

不意に一夜が言葉を崩した。

「あんたはんが、関所番頭はんで」

一夜が関所番頭を見た。

「いかにも。この箱根の関所を預かる番頭鬼頭太郎左衛門《きとうたろうざえもん》である」

関所番頭が首肯した。

「ご丁寧なお名乗りありがとうございます」

礼には礼でと一夜が鬼頭太郎左衛門と言った関所番頭に一礼した。

「さてと、そろそろ出してもらいましょうか」

一夜の雰囲気が剣呑《けんのん》なものに変わった。

「なにをだ」

鬼頭太郎左衛門が首をかしげた。

「賢い関所番頭はんが気づかんはずおまへんやろ」

「……そちらが本性か」

言葉遣いも一変した一夜に、鬼頭太郎左衛門が苦い顔をした。

「箱根を越えるのは二度目でしてなあ。一度目はこんな面倒くさいことはおまへなんだ。それがえらい変わりよう。なんぞなければ、こうはなりまへんわな」

「……………」

一夜の指摘に鬼頭太郎左衛門が黙った。

「来てますねんやろ、横目付の二人が」

「……………」

「お仲間をかばいはるのは当然ですわ。かばわれて恥じでっせ。出てきたらどないです、木岡はん、袋井はん」

まだ無言を続ける鬼頭太郎左衛門から、一夜は関所の奥へと目を変えた。

「……出てきまへんかあ」

少し待ったが出てこない木岡と袋井に、一夜がため息を吐いた。

「鬼頭はん。おもしろい話をしましょうか」

「おもしろい話だと……」

ふたたび話しかけられた鬼頭太郎左衛門が怪訝な顔をした。

「武士が戦場でもないのに……」

「……待て」

言いかけた一夜を駆けだしてきた木岡が止めた。

「やっぱり、いてましたなあ」

一夜がにやりと笑った。

「木岡、はめられたな」

後を追うように顔を出した袋井が首を横に振った。

「はめようとしたのは、そっちが先。こっちはそれに合わせただけ。なにもせんかったら、なにもなく終わったのを、屁《へ》のような矜持《きょうじ》を出して仕返ししようなどとするからじゃ。小物め」

静かに見守っていた十兵衛三厳が二人を見下した。

「うっ」

小物と言われたことを無礼と咎めたくとも、それはできなかった。もし、そういえば、先ほどの二の舞を演じることになる。

「鬼頭と申したな」

十兵衛三厳が関所番頭に声をかけた。

「あちゃあ。怒らせたがな。そうならんようにするつもりやったのに」

一夜が頭を抱えた。

「江戸へ報《しら》せるならば報せよ。どうせならば柳生家ではなく、公方さまにお伺いせよ。柳生十兵衛と名乗る者が関所に来ておりまするが、本物でしょうかとな」

怒らせたとはいえ、十兵衛三厳は家光の小姓を務めていた。

「く、公方さま……」

鬼頭太郎左衛門が蒼白《そうはく》になった。

旗本格関所番頭など、将軍の前では塵芥《じんかい》でしかない。

「さすがにそれは止めたげて」

一夜が十兵衛三厳の袖を摑《つか》んだ。

「公方さまやのうて、堀田加賀守さまにしてもらいましょ。淡海一夜というのをご存じですかと」

「ご老中さま」

一夜の口から出た名前に、鬼頭太郎左衛門がふらついた。

「と、通られよ」

これ以上かかわってはいけないと鬼頭太郎左衛門が通行許可を出した。

「ふん」

十兵衛三厳が鼻を鳴らした。

「お兄はん。ちょっとええかな」

「どうした」

引き留めた一夜に十兵衛三厳が問うた。

「……要らん面倒をかけられた恨みを返したいねん」

「好きなようにせい」

耳元でささやいた一夜に十兵衛三厳が許可を出した。

「峠での気迫をわたいの合図で出して欲しいねん」

「……なるほど」

小声で要求した一夜に、十兵衛三厳が同意した。

「なあ、関所番頭はん」

「まだなにかござろうか」

一夜に声をかけられた鬼頭太郎左衛門が警戒した。

「芸者や鳥追いは、通行手形代わりに、その芸を見せることで通るんやろ」

「……なにを」

妙な笑い顔で訊いた一夜に鬼頭太郎左衛門が、一層警戒を強めた。

「柳生十兵衛は武芸者や。その芸をお見せすれば通れますねんやろ。そちらも疑いが晴れてめでたいでしょうし」

「ま、待って……」

「いかん」

一度浴びている木岡と袋井が顔色を変えた。

「なんだ」

「どうした」

鬼頭太郎左衛門と関所番がわけがわからないと戸惑うなか、十兵衛三厳が刀の柄に手を置いた。

「きえええええ」

化鳥《けちょう》の叫びと呼ばれる剣術遣い独特の気合いとともに、十兵衛三厳が殺気を放散した。

「……ひくっ」

「あわっ」

その場にいた者すべてが気を失った。

「……うわあ、無茶苦茶きつっ」

一夜が頭を左右に振って、気を落ち着かせようとした。

「なぜ、一夜は耐えられる」

十兵衛三厳が疑問を呈した。

「三番目はまあ措《お》いといて、一番目と二番目から斬られかけましたよってなあ」

一夜が十兵衛三厳と左門友矩のせいだと答えた。

「それに本当に斬られるわけやないとわかってますやん」

「……ほう」

「その危ない目つきは勘弁しておくれやすな」

目をすがめた十兵衛三厳に、一夜が手を振った。

「先ほどのは肚《はら》の底からのものだったのだがな」

十兵衛三厳の目つきが変わっていく。

「……まったく、柳生の血は」

一夜の腰が引けた。

「どうやって斬られないとわかった」

言いわけや逃げは許さないと十兵衛三厳の声が低くなった。

「ひりつきませんよって」

「……ひりつくとは」

　十兵衛三厳が一夜の表現に困惑した。

「命がけのときに感じる緊迫と言えばよろしいか」

「ふむ。それも商いか」

　一夜の告げた内容に十兵衛三厳が述べた。

「そうです。うちの商いは唐物問屋ですやろ。茶碗《ちゃわん》にしろ、絵にしろ、書にしろ、ものによっては千両をこえるときもおます」

「茶碗一つに国一つと言われたこともあるとは聞いているが、それでもすさまじいな」

　戦国のころ、国一つを与えられるほどの手柄を立てておきながら、名物の茶碗がいいとねだった武将がいたとされている。

　実際は、与えるだけの国がなかった主君が、この茶碗は城一つ、国一つに等しいとごまかしただけなのだが。

「千両、人の一生が買えますで。それも何十人と」

一夜が続けた。

「一両あれば一家四人がひと月生きていける。人の寿命を五十年として、ざっと六百両あれば生涯働かなくてすむ。そんな金額を唐物は容易に超えてきますねん。当然、欺《だま》して金を取ろうと考える者は山のように出てくる。千両の取引、欺されれば千両を失う。いや、百両、五十両でもそうです。まさに仕合でっせ」

「……………」

無言で十兵衛三厳が先を促した。

「まともな取引でさえ、売り方は一文《もん》でも高く、買い方は一文でも安くと弁舌を尽くします。これが欺しになると凄《すご》いもんでっせ。それこそ、相手の顔色を見るくらいは当たり前、呼吸、汗、声の調子も測り、用意した罠《わな》へ落とそうとする。そういったときにひりつきますねん。なんちゅうか、皮膚が張るというか、盆《ぼん》の窪《くぼ》に針先を当てられてるというか」

「そうか」

十兵衛三厳の気配が柔らかくなった。

「同じだな。剣術もそうだ。仕合っているときに、次にどこへ刃がくるかがわかる」

ゆっくりと十兵衛三厳がうなずいた。

「斬られることがないとわかったということだな」

「そうやと思います。もっともお兄はんが本気になったら、ひりつく間もなにもなしに死んでますやろうけど」

一夜が大きく息を吐いた。

「そこまでわかるようになったか」

「なりたくてなったわけやおまへんわ」

褒めるような十兵衛三厳に一夜が苦笑した。

関所を出た二人は足を速めた。

「しょうもないことでときを食いましたなあ。こらあ、日のあるうちに三島へは着けそうにおまへん」

早歩きに息を乱しながら一夜がぼやいた。

「今の倍の速さでいけば、間に合うぞ」

「韋駄天《いだてん》を親戚に持った覚えはおまへん」

あっさりと言う十兵衛三厳に、一夜があきれた。

「野宿と夜旅、どちらがいい」

「どっちもいやですけど……野宿は勘弁ですわ。熊や狼《おおかみ》のご飯になりたくはおまへん」

問われた一夜が首を左右に振った。

「なんだ、そのていどのことか。安心しろ、熊はうまいぞ。狼は臭いがの」

「……しまった。ここに鬼がいた」

なんでもないことだと言う十兵衛三厳に一夜がなんとも言えない顔をした。

「夜旅しましょ」

一夜が無難なほうを選んだ。

「わかった。ならば、少し足を速めるぞ」

「なんでですねん。夜旅をするんでっせ」

慌てることはないだろうと一夜が怪訝な表情を浮かべた。

「夜目は利くか」

「無理です」

「少しでも足下が見えるうちに険しいところをすませておかねばまずいぞ。見えなくなった足下が木の根でも引っかけたら、体勢を崩して崖下へ真っ逆さま」

「急ぎまっせ」

脅された一夜が足に力を入れた。

三

最後の戦い大坂の陣から二十年余り、戦国は確実に遠くなってはいるが、まだ色濃い。

大坂の陣には十万という牢人が集まった。冬の陣を経て、七万人は大坂を去り、残った三万は徳川の軍勢によって駆逐された。

つまり、七万の牢人は天下に散っている。

もちろん、すでに亡くなった者がほとんどである。世のなかは牢人に厳しい。刀を捨て、身体を酷使できれば、糊口《ここう》をしのぐことはできるだろうが、もとひとかどの武士であったという矜持が、ふたたび仕官をしてという夢が、帰農やその日暮らしの人足になることを邪魔した者も多かった。

「最近、獲物が来ぬの」

三島宿場まであと八丁（約九百メートル）ほどのところにある庚申堂《こうしんどう》で牢人たちがたむろしていた。

「しっかり後始末もしておるのにな」

別の牢人が肩をすくめた。

夜旅をかけるにはいろいろな理由があった。

親が病に倒れた、宿場に泊まる金がない、少しでも先を急ぎたいなどである。

だが、さすがに箱根という天下の険を前に夜旅をかける者はそう多くなかった。ようは他人目がないのだ。それだけに旅人を襲うのはたやすい。

基本、旅人は三島の住人ではないため、いなくなったところで騒がれることがない。暗くなってから箱根へ向かう者を見かけても、その旅人が無事に箱根の関所に着いたかどうかは気にしない。また、三島は代官支配のため、宿場のことで精一杯で、街道筋のことまで考えていなかった。

死体が見つかるような失敗をしない限り、盗賊征伐は出てこなかった。

「このあいだの商人はよかったの」

「あの太り肉《じし》の男か」

「あれはよかった。胴巻きから二十両出てきたときは、踊り出しそうになったわ」

三人の牢人が思い出した。

「あの金で十日、三島女郎を楽しんだわ」

「やれ、生田《いくた》氏。女なんぞに金を遣っても気持ちよいのは一瞬であろうに。やはり酒よ、酒。その辺の屋台ではなく、まともな旅籠《はたご》で出す酒は、半日酔えるぞ」

「女も酒もあっという間に金を費やすだろう。やはり、刀よ、刀。見てくれ、この刀を。無名だが、拙者は相州正宗《そうしゅうまさむね》だと見ている」

牢人たちが好き放題に話した。

「……だが、もう金も尽きた」

「ああ。もう三日も酒を呑んでおらぬ」

「拙者は昨日から水しか口にできてない」

この手の連中が明日を考えて金を遣うことはない。あればあるだけ遣ってしまう。

「なんでもいいから、獲物が来ぬか」

「金があればなによりだが、そうでなくとも身ぐるみ剝げば、二日や三日の飯代にはなる」

牢人たちが周囲を見回した。

「……おい。峠から下りてきた者がおるぞ」

生田が気づいた。

「どれ……侍か」

「暗くてよく見えぬが、二人だな。一人はずいぶんと疲れているようだ」

牢人たちがじっと見つめた。

「武士ならば、刀が売れるぞ」

「いい刀なら、拙者にくれ。その代わり、この太刀《たち》を出す」

「阿呆《あほ》なことをいうな。鈍刀《なまがたな》と一緒にするな。金になるようなら売るぞ、茶野《ちやの》」

刀に固執する仲間を生田が咎めた。

「……ううう」

茶野と呼ばれた牢人が悔しそうな顔をした。

「そんなことは後だ。いつものとおりにやるぞ」

残っていたもう一人の牢人が二人を急《せ》かした。

「わかった」

「おうよ」

生田と茶野が街道の左右に分かれて、身を隠した。

牢人たちに目を付けられた一夜と十兵衛三厳は、そのまま進んできた。

「一夜、周りに気を配れ」

「はあ……なんです」

山下りに疲れ果てている一夜は、十兵衛三厳の注意に戸惑った。

「胡乱な者どもがおる」

「そうですか」

十兵衛三厳に言われても一夜は緊張しなかった。

「おい」

「どうせ、お兄はんに敵《かな》うわけおまへん」

小声で叱った十兵衛三厳に一夜が返した。

「吾だけならばな。だが、そなたという荷物がある」

「人質にはされまへんよって」

懸念を口にした十兵衛三厳に一夜が手を振った。

「助けぬぞ」

十兵衛三厳があきれた。

「……あれでっか」

街道の真ん中に立ち塞《ふさ》がっている牢人を一夜は確認した。

「道を塞ぐのは何者か」

五間（約九メートル）ほどの間合いを空けて、十兵衛三厳が足を止めた。

「よかった。武士であった」

牢人が盛大に喜んで見せた。

「拙者どもに用か」

「用と言うには情けないが、旧主家の名前は勘弁していただくが、かつて某家で馬回りを務めた志連膳輔《しれんぜんすけ》と申す牢人でござる」

牢人が本名かどうかわからない名前を告げた。

「御上によって主家がお取り潰しに遭い、浪々の身となった。いささか武芸に覚えがあるゆえ、なんとか新たな主君を得てと全国を巡っておったのだが、無念ながら夢叶わず、ついに路銀が尽き果ててしまっての。そこで合力《ごうりき》をお願いいたしたい。もちろん、望みが天に通じ、仕官が叶えばかならずお返しする。どうであろうか」

志連膳輔が滔々《とうとう》と語った。

「お金がないなら、刀を売りはったらええ」

一夜が思わず、口を出してしまった。

「……はあ」

十兵衛三厳が一夜を見て、ため息を吐いた。

「すんまへん」

一夜が首をすくめた。

「仕官を望むのだ。刀は売れぬ」

「そんなもん持ってるから、あきらめがつかへんのでっせ」

お金の話になると一夜は口が軽くなる。

「なんだと。刀は武士の魂である」

志連膳輔が声を険しいものにした。

「牢人は武士やおまへん。さっさと刀を売って、その金で身形《みなり》を整えなはれ。そうすれば仕事くらい見つかりまっせ」

泰平が当たり前になってきたことで、天下は発展し続けている。さすがに得体の知れない中年男を商家は雇い入れないだろうが、口入れ屋に頭を下げればその日食えるくらいの仕事は斡旋《あっせん》してもらえる。

誇りでは生きていけない、現実に沿えと助言した。

「……合力する気はないと」

「おまへんな」

雰囲気を変化させた志連膳輔に一夜が宣言した。

「一夜、それは天性のものか」

十兵衛三厳がなんとも言えないといった目で一夜を見た。

「なにがですか」

「人を煽《あお》るのがうますぎるぞ」

首をかしげた一夜に十兵衛三厳が笑った。

「まるで始終他人を挑発しているような言いかたは止めておくれやす。わたいが煽るのは、金を舐《な》めてる奴《やつ》か、こっちを襲おうとしている奴だけでっせ」

一夜が苦情を申し立てた。

「それがそうなのだ」

十兵衛三厳が笑いを苦笑に変えた。

「おのれらは拙者を馬鹿にしているのか」

志連膳輔が怒った。

「なんぞまちごうたことを言いましたか」

一夜が不機嫌な声を出した。

「ようやく夜旅を終えて、三島の宿場でどこかの旅籠を起こして……泊まれると安堵《あんど》したところに、おまはんや。文句の一つや二つ口にしてもしゃあないですやろ」

「こやつ……上方者か」

「上方も奥州も九州もおまへんわ。どこに野盗へ金を貸す奴がいてますねん」

「…………」

志連膳輔が一夜の指摘に黙った。

「お兄はん、来まっせ。瞳が左右へ動きました」

一夜が十兵衛三厳に報せた。

「ちい、おい、茶野、生田」

「一夜、耐えてろ」

声を上げた志連膳輔を放置して、十兵衛三厳が茶野と生田の迎撃に向かった。

「へとへとですのに」

嫌そうな顔で一夜が脇差を抜いた。

「小太刀遣いか」

志連膳輔が警戒した。

「太刀が重いだけや」

「いつまでもふざけおって」

言い返した一夜に志連膳輔が激発した。

「死ねっ」

「嫌や」

振りあげた太刀で斬りつけてくる志連膳輔の右手へ一夜が逃げた。

「人の身体は得物《えもの》を持っている方への移動がしにくい。腕を逆にすることになる」

かつて武藤大作《むとうだいさく》から教えられたことを一夜は守っている。

「逃げるな」

「ふん、斬ってみい」

怒鳴る志連膳輔に一夜が応じた。

「があぁ」

怒りの余り、志連膳輔が叫んだ。

「あまりいじめてやるな」

一夜の方に身体を向けていた志連膳輔の背後に十兵衛三厳が現れた。

「……ひいっ」

不意のことに志連膳輔が悲鳴を上げた。

「な、な、なにをしてる。茶野、生田」

志連膳輔が仲間を呼んだ。

「死人は返事をせぬ」

十兵衛三厳が志連膳輔に二人を斬ったと教えた。

「二人いた……」

「息も合ってなかったからな。あれでは一対一を二回と同じよ」

倍の数がいたはずと言った志連膳輔に、十兵衛三厳がため息を吐いた。

「……わ、わかった。降参する」

志連膳輔が太刀を下げた。

「…………」

無言で十兵衛三厳が太刀を薙《な》いだ。

「はっ、は」

喉を割かれた志連膳輔が声にならない息とともに死んだ。

「何人もの人を殺しておきながら、己は生き延びたいなど通るか」

十兵衛三厳が冷たく志連膳輔の骸《むくろ》に告げた。

「まだまだ落ち着きまへんなあ、世のなかは」

「仕方あるまい。少し前まで天下のあちこちで戦があったのだ。敵を殺して出世するという考えがまだ抜けきらぬのも無理はない」

「奪えばええという考えは、早めに潰しておかんと商いは伸びまへんで」

一夜が述べた。

商店にはものがあり、金がある。

「いただこうではないか」

それを狙って盗賊が横行すれば、商人は店を、商いを大きくしない。

「金は天下の回りもんと言いますけどな。ほんまは金が天下を回してますねん。その金を安心して動かせるようにならんと、御上の天下は発展しまへんで」

「だろうな。だが、それを吾に言うのはまちがいだな。加賀守さまの前で語るべきだと思うぞ」

十兵衛三厳が一夜に助言をした。

「面倒な……」

一夜が頬をゆがめた。

「なにが面倒だと。吾にいうのと同じであろう」

「加賀守はんは、すぐに仕えよと言いはるんで」

首をかしげた十兵衛三厳に一夜が答えた。

「仕えよ……それは」

「勘定方を任すと」

十兵衛が息を呑み、一夜が付け加えた。

「断ったのだろうな」

「もちろん、断りました。わたいは武士になりたいわけやなく、商人として大成するのが目標でっさかいな」

一夜が何でもないと手を振った。

「安心したとは言えぬの」

十兵衛三厳が一夜に笑いかけた。

「さて、行くか」

「やっと飯が食える。宿で休める」

三島宿へ足を向けた十兵衛三厳に、一夜が喜んだ。

四

大坂道頓堀《どうとんぼり》の隅でのれんだけ出しているこぢんまりした店が、上方一の唐物問屋といわれる淡海屋であった。

「おおきに、ありがとうございました」

のれんを潜《くぐ》って帰って行く客を若い女が見送った。

「ご苦労さまで」

見送って戻った須乃《すの》を番頭の喜兵衛《きへえ》がねぎらった。

「当たり前のことやし」

須乃がほほえんだ。

「けど、最近忙しゅうない」

上がり框《かまち》に腰を下ろした須乃が喜兵衛へ問うた。

「多なりましたな、たしかに」

喜兵衛も同意した。

唐物問屋というのは、生活に必需なものを取り扱っているわけではない。どちらかというと不要な、普通の武士や町人とは縁遠いものであった。

「二百両で」

「お値引きして八百五十両がええところで」

なにせ扱う商品が高額である。

普通の民が淡海屋を訪れることはなかった。

また、扱うものが高価であるだけでなく、世に一つしかないものなのだ。店でいきなり買い付けるというのもないわけではないが少ない。普段は淡海屋の主七右衛門が取引先の指定場所まで出向いて、ようやく商談が始まる。

「お買い取りを願われるお方が増えましたな」

「というより、みんな買い取り希望やった」

須乃が感心した。

「うちの実家《さと》やと買いに来る人ばっかりやけど」

「信濃屋《しなのや》さんは、味噌《みそ》や醬油《しょうゆ》、人が生きていくのに要るものを扱っておられますので、人の出入りは激しゅうございましょう」

「でございますね」

須乃がうなずいた。

信濃屋とは大坂でも指折りの味噌、醬油問屋である。須乃はその主幸衛門《こうえもん》の次女であった。

一夜が柳生宗矩によって江戸へ召喚される直前、祖父淡海屋七右衛門が信濃屋幸衛門の娘たちとの間で縁談を企んだ。

「男を土地にくるには女」

淡海屋七右衛門は、一夜が江戸で女をあてがわれても、抵抗できるようにと信濃屋小町と呼ばれていた三姉妹と見合いをさせた。

結果、結納にまでは至る暇がなかったが、

「商人の嫁にどの娘も文句なしや」

一夜は気に入った。

「わたくしが」

「負けへん」

「わたしも」

三姉妹の長女永和《とわ》、次女須乃、三女衣津《いつ》も一夜の相手に名乗りをあげた。

「きっと大坂へ戻る」

一夜が宣言し、

「お店《たな》とお爺《じい》はんのことはご心配なしに」

三姉妹は一夜を送り出し、実際、長女の永和と次女の須乃が淡海屋の手伝いに来てくれていた。

「…………」

そこへ一夜を籠絡するようにと柳生宗矩から命じられた伊賀の女忍佐夜《さよ》が淡海屋へやってきた。籠絡しようとしたが拒否された腹いせに、一夜の帰る場所を潰そうとしたのだ。

「しばらく、ここにおり」

そう淡海屋七右衛門に説得された佐夜が、一夜のことを知るためと住み着いた。

「あかん」

男は放し飼いにしてはいけない。

「江戸の大店《おおだな》の主が娘婿《むすめむこ》にと狙っている……」

佐夜から教えられた永和が、腰を浮かした。

「連れて帰ってくる」

永和が佐夜とともに船で江戸へ向かい、その留守を須乃が預かる形になっていた。

「お爺はんは」

「そろそろお戻りのはずですわ。今日は寄合でっさかい」

須乃の問いに喜兵衛が答えた。

「寄合かあ、それは代わってあげられへんなあ」

大坂の陣で灰燼《かいじん》に帰した大坂の城下町も、幕府のてこ入れや商人たちの努力で復興している。

「最近、よそから大坂へ来るお人が増えましたよってなあ。あちこちで古くからのお店ともめ事が出ているのをどうにかしようとの集まりらしいですわ」

「そんなん無理やのに」

喜兵衛の説明に、須乃が首を横に振った。

「こっちはうちの客に手を出すな、あっちは客は気に入った店を選ぶから邪魔すんなやん。どっちも店の繁盛、己の生活がかかってる。折り合いなんぞ、付くわけおまへんやん」

あっさり須乃が断じた。

「たしかにそうですけどな。それは口にしたらあかんので」

喜兵衛が注意した。

「外では言わへんし」

須乃が口を尖《とが》らせた。

「肚に納めることも覚えなあきまへん」

少しだけ喜兵衛が声を厳しいものにした。

「淡海屋のお客さんは、皆一廉《ひとかど》のお方ばかり。呟きを聞かれるのは論外、淡海屋の嫁がこのようなことを言うてるらしいとの噂が立つだけでも気にしはります」

「すんまへん。以後気をつけます」

叱る喜兵衛に須乃が小さくなった。

「若旦那のためとはいえ、奉公人が大きな口を叩《たた》きました。お許しを」

「怒るわけあらへん。わたしも一夜はんの嫁にふさわしいと思うてくれてるからのしつけやろ。どうでもええ相手を誰も叱らへん。おおきにな」

詫《わ》びた喜兵衛に須乃が感謝した。

「まこと信濃屋さまは、ええ娘はんをお持ちで。永和はんも須乃はんも淡海屋の内所はんとしてなんの遜色もない」

「あんまりここへけえへんけど、妹の衣津も入れといて」

須乃が妹をかばった。

「姉二人がこちらへ来てしもうたから、一人残って信濃屋を切り回してくれてるねん」

「さようでございましたな。しかし、若旦那も大変ですな。お三人のどなたを選ぶか、大いに悩まれましょう」

「わたしを選んで欲しいとは思うけどなあ。まあ、お姉はん、衣津やったら納得するわ。悔しいけど。でも、他の女はあかん。ぽっとでの江戸もんなんぞに持っていかれてはたまらへん」

微笑《ほほえ》む喜兵衛に、須乃が目つきを鋭くした。

「そういえば、永和はんと佐夜がそろそろ江戸へ着くころですなあ」

一夜の妻候補と奉公人の形を取った佐夜では扱いが違う。喜兵衛がはっきりと区別を付けて言った。

「そうやなあ、大丈夫やとは思うけど。駿河屋はんとかいうのは指折りの大店やとか」

「江戸城にも納めていると佐夜が申してましたなあ」

「そんな大店の一人娘やろ、敵は」

「敵ですかいな」

険しい顔つきのままの須乃に、喜兵衛が笑いを浮かべた。

「女の敵は女や」

須乃が宣した。


兵庫から江戸へ酒を運ぶ船に便乗した永和と佐夜は、無事に江戸へと着いていた。品川《しながわ》の沖合に停《と》めた船から小舟に移った二人は、品川の宿場で一日身体を休めることにした。

「船は楽やというけど、揺れるのがかなわんわあ」

陸《おか》に上がった永和が、大きく吐息を漏らした。

「遠くを見ていれば、さほどではない」

佐夜があきれた。

「遠くっていうけど、ずっと海やないの」

永和が景色が変わらないと苦情を言った。

「それが船というもの」

平然と佐夜が言い返した。

「帰りもあれなんや」

力なく永和がうなだれた。

「先のことを今悩んでもしかたあるまい。それよりも風呂に入らぬか」

「それやっ。お風呂やお風呂」

佐夜の誘いに永和が顔をあげた。

「船の我慢でけへんのは、風呂がないことや」

若い女にとって、風呂に入れないというのは耐えがたいことであった。

「水が貴重だから当然だけど、それについては同意する」

佐夜もうなずいた。

女は腰まで届く長い髪であることが必須とされていた。短い髪は剃髪《ていはつ》までいかなくても、現世との決別を意味する。

ようは、今後は夫を持たないと宣言したことになる。

言うまでもなく、永和も佐夜も髪は長い。そんな髪を洗うとなれば、手桶《ておけ》一杯の水で足りるわけはなかった。

「きれいにしておかへんかったら、一夜はんに顔合わされへん」

「わたくしも」

佐夜も永和に対抗した。


品川から江戸までは、二里（約八キロメートル）ない。

女の足でも一刻（約二時間）もあれば着く。

「あれが柳生さまのお屋敷……門が二つもある」

永和が少し離れたところから柳生家上屋敷を見て、感想を口にした。

「一つが大名柳生家の門。もう一つは柳生新陰流道場の門」

佐夜が答えた。

「あの人が一杯出入りしているほうが、道場の」

「そう」

確かめるような永和に佐夜が首を縦に振った。

「何人出入りしてるんやろう」

「午前は多いが、昼からは少なくなる。弟子の数は数えたことはないが、八十ではきくまい。百はこえているだろう」

「百……」

聞いた永和が息を呑んだ。

復興したばかりの大坂にも道場はあった。

といったところで、牢人が糊口しのぎに始めたような小さなもので、弟子と呼ばれる者は十人ほどしかいなかった。

「そんだけお弟子はんがいてはんねんやったら、束脩は相当な金額でございましょう。一節季に一人あたり一分《ぶ》としても二十五両、一年で百二十五両。一万石の実高を五千石として精米の分の損を引いて四千五百両。そこからご家中さまの禄を抜いたら一千五百両」

さすがは大坂商人の娘、しっかりと頭のなかで算盤をはじいていた。

「百両は大きい」

ほぼ一カ月分の収入に等しい。

「取っていない」

「……えっ」

佐夜の言葉に永和が信じられないといった顔をした。

「一夜どのが提案されたが、主膳さまが剣術は商売ではないと」

「主膳……たしか柳生さまのご三男」

永和が思い当たった。

「金がないということは」

「ご存じのはず」

確認した永和に佐夜が答えた。

「阿呆としか思われへん」

「まだその辺の旗本よりましなほうですよ」

佐夜が苦笑した。

「それでまし……阿呆や馬鹿やと思うてきたけど、お侍さんというのは……」

「金は刀で稼ぐものだと」

唖然とする永和に佐夜が嘆息した。

「刀で稼ぐって……もう戦はないのに」

「戦だけが刀の出番ではありません」

開いた口が塞がらない永和に佐夜が首を小さく横に振った。

「どういうことなん」

わからないと永和が首をかしげた。

「斬るばかりが刀の使い方ではなく、見せるだけでも役に立つ」

「……脅しに使うん」

佐夜の説明に永和が目を剝《む》いた。

「金か命か」

「そんなもん、一回やったら二度と効かへんで」

永和が手を振った。

「江戸にどれだけの店があると」

「……江戸では回状は出えへんのん」

またも永和が佐夜の話に驚いた。

大坂だけでなく上方の商人は、なにかあったときに報せ合った。

「誰それが、夜逃げした」

「あの店は納品しても支払わない」

普段はいがみ合っている競合店でも、商いの根本を揺るがす情報を秘匿しなかった。もし知っていながら隠していたことがばれると、今後二度とそういった大事な話が届けられなくなってしまう。

「誰かが死に札を引くだろう」

これではいけないのだ。

「あやつに引かせてやる」

まだこちらの方がまし。

ただ、どちらにせよ、もう上方でまともな商人としては扱ってもらえなくなった。

「江戸は新参者の町。まだそういった連携を取るだけの余裕も知恵もないちゅうことかあ」

佐夜の一言で永和が理解した。

「知識も技もただやない。それを得るためにかかった手間暇を考えてみい。一夜さまの考えだそうです」

佐夜が告げた。

「さすがやなあ」

うっとりとした表情を永和が浮かべた。

「それを主膳さまが……ご当主さまも公方さまの剣術指南役が金など汚いものを手にしてはよろしくないと拒まれたとか」

「そのくせ大坂から一夜はんを連れ去った」

永和の顔が厳しいものへと変化した。

「ご苦労なされてはんねんやろうなあ、一夜はん」

今度は気遣わしげに永和が眉を下げた。

「……どういたします」

永和の百面相に首を左右に振りながら、佐夜が訊いた。

「乗りこんで、一夜はんを取り返す」

「阿呆ですね。あなたは」

握りこぶしを作った永和に佐夜が呆《あき》れ果てた。

「どこがや」

思わず口調を荒らげた永和が文句を付けた。

「柳生家に女二人が怒鳴りこんでどうなると」

「殿さまに直談判《じかだんぱん》すれば……」

「武士を甘く見てはいけません。武士はさきほども申しましたように、最後は力でどうにかなると思っております」

「将軍さまの剣術のお師匠はんが、女を斬ると」

「斬るだけではありません」

戸惑った永和に佐夜が目を泳がした。

「……辱《はずかし》めを受けさせる」

さっと永和の顔色が変わった。

「それもあるでしょうが、わたくしの正体をお考えください」

「正体……」

言われた永和が首をかしげた。

「お聞きになっていない」

「誰《どなた》はんから」

「……いえ」

佐夜が口ごもった。

「おっしゃっておられなかった。淡海屋さまも十兵衛さまも」

泣き笑いのような表情を佐夜が見せた。

「……何者なの」

永和が佐夜の様子から気づいた。

「柳生家に仕える伊賀者、素我部一新《すがべいっしん》の妹で、一夜さまをお家に縛り付けるため籠絡するように命じられて……」

「ふうん。それだけの美しさと身体で一夜はんに迫ったけど、相手にされへんかったと」

話を聞いた永和が佐夜を上から下へとなめ回すように見た。

「はい」

「さすがはわたしの一夜はん」

「一つ訂正を。永和さまのものと決まってはおりません」

「……まだあきらめてへんの」

永和がじとっとした眼差《まなざ》しに変えた。

「伊賀の女忍としての、いえ、女としての矜持が許しませぬ」

佐夜が強く言った。

「女としての矜持……」

「永和さまもおわかりでしょう」

「……残念だけど、わかる」

大きく永和が息を吐いた。

「加わる気なんやな」

「当然」

確かめた永和に、佐夜が口調を変えて首を縦に振った。

「……妹たちだけでも面倒やのに」

「選ぶのは一夜さまでしょう」

「うわあ、正体を見抜かれていながら、まだ選ばれると思っているんや」

「男と女の前に事情は意味をなしません」

「一生を共にすんねんで。事情は大きい」

佐夜の考えを永和が否定した。

「…………」

しばらく二人が無言でにらみ合った。

「ここでやりあっても無駄ですね」

「そうやな。鰹節《かつおぶし》がないのに、猫二匹が毛を逆立ててもしゃあないわ」

合わせたように二人が気を抜いた。

「……乗りこむのはあかん」

「駄目ですね。それこそ永和さまが捕まってしまえば……」

「わたしを人質に、一夜はんを思うがままにする」

「よほどの馬鹿でもそうしましょう」

「わたしが鰹節になって、一夜はんという猫を罠にはめるかあ」

永和が難しい顔をした。

「一度引いて、状況を確認しましょう。一夜さまの動きがわからなければ、なにもできません」

「そうやね」

佐夜の提案に永和がうなずいた。

「旅籠はどこに」

「宿ではなく、駿河屋へ向かいましょう」

「駿河屋……あの一夜はんを婿養子にと狙っている……なんでそんなところに」

永和が嫌そうな顔をした。

「見せつけに」

「ああ、わたしらの想《おも》いをかあ」

にやりと笑った佐夜に永和が同じく笑った。

「ほな、いこか」

「こちら」

佐夜が駿河屋の場所を知らないだろうと、永和の前に立った。

「………」

歩き出しながら、ちらと佐夜が柳生屋敷へ目をやった。

第三章　忍と女

一

堀田加賀守のもとに、一夜の手紙が届いたのは四日後、登城する寸前であった。

「使者番が箱根の関所を通過したか」

中身を読んだ堀田加賀守がうなずいた。

将軍の使者という立場である使者番は騎乗できる。だが使者番は権威を引けらかしたいのか、わざとゆっくり進む。さすがに供の家士や小者までは馬に乗れないため、早馬のようにずっと走り続けることはできないが、それでも大和柳生までならば五日もあれば到達する。

そのお役目から、関所であろうが川役所であろうが、無視できた。

将軍家の威光が歩いているような使者番である。当然目立つ。

その使者番が柳生左門友矩のもとへと着く。

「討手を出さなんだか」

堀田加賀守が呟いた。

「左門を出す意味を理解しておらぬのか、それとも他に考えがあるのか」

腕を組んだ堀田加賀守がうなった。使者番が国元に着いて都合が悪いのは、柳生但馬守であった。なにせ、その使者番は柳生左門友矩の封印を解くのだ。

「なにをしでかすかわからぬ」

左門友矩は家光の寵愛を受けて、そのすべてを捧げた。

「邪魔するな」

もう左門友矩にとって、柳生宗矩は父ではない。家光との仲を裂く、悪鬼であった。

「公方さまのお名前にかかわる」

「なれば、身を引きましょうぞ」

前回は家光にまたも男色にこだわるという悪評が立ちかけていたこともあり、左門友矩も素直に柳生宗矩の言うことを聞き、江戸から離れた。

しかし、家光に会えないという苦痛が左門友矩をゆがませてしまった。

「江戸に置いておくべきであった」

今さらながら、柳生宗矩は後悔をしていた。

屋敷での謹慎でも外へ出られないが、家光と同じ江戸にいるという精神的なものは大きい。

「遠い」

大和柳生は江戸から九十里（約三百六十キロメートル）以上離れている。

「公方さまになにかあっても間に合わぬ」

遠すぎる距離が左門友矩を焦らせている。

そんな左門友矩を野に放つようなまねをすればどうなるか。

「まず、余を殺しに来るだろう」

柳生宗矩が家光との間を邪魔しているのは、まちがいない。

「あやつさえおらねば、また御側《おそば》にあがれる」

左門友矩がそう考えるのは当然であった。

そして柳生宗矩は左門友矩の考えを理解している。

「諸国巡見使を命ずる」

そこへ幕府が左門友矩に役目を与えようとした。

諸国巡見使は幕府から命じられて、大名たちの領地やその治政を見て回り、報告するのが役目である。その権限は大きく、大名の城であろうが、屋敷であろうが、どこにでも足を踏み入れることができる。

実際、諸国巡見使の報告を利用して、柳生宗矩ら惣目付が大名を断罪したこともあった。

「どこにでもいける」

今回、とくに柳生宗矩が気にしたのは、左門友矩の担当がどこかわからなかったからだろうと堀田加賀守は推測した。

諸国巡見使というのは、基本どこの国をとか、どの地方をとか、決められて出立する。

「九州から琉球《りゆうきゆう》を」

左門友矩が帰ってくるのを堀田加賀守をはじめとする執政は望んでいない。かつて家光から愛《め》でられた者たちは、己の上から去った寵愛を新たに受けた左門友矩への嫉妬を感じている。

「取って代わられるのではないか」

その嫉妬の本質は、地位を脅かされることへの恐怖であった。

堀田加賀守ら寵臣のなかで、家柄がまともだったのは阿部豊後守と阿部対馬守《つしまのかみ》の二人くらいで、堀田加賀守と松平伊豆守は微禄とまでは言わないが、とても大名には届かない小旗本の出であった。

「余の父は大坂の陣の前にお仕えして七百石をいただいた。出自だけでいけば、柳生よりも劣る」

柳生も牢人から旗本になった。また、その時期も関ヶ原の合戦と堀田家より早い。

「父は関ヶ原では小早川《こばやかわ》の家中として戦った」

堀田加賀守の父正吉《まさよし》は浅野《あさの》家から小早川家へと主家を変え、小早川家が改易になった後、徳川家へ臣従した。

歴史の浅い堀田家が十一万石の大名にまでなれたのは、加賀守正盛の継祖母が春日局であったこともたしかだが、家光の寵愛を受けられたというのが大きい。

男色家であった家光は多くの小姓に手を付けたが、堀田加賀守は別格であった。

「三四郎、今宵《こよい》も躬の添い寝をいたせ」

夜に閨へ呼ばれるのは当たり前、

「袴《はかま》を脱げ」

庭の散策中に催した家光に、東屋《あずまや》で抱かれたこともあった。

まさに第一の寵臣であった。

「このようになされれば」

また堀田加賀守も精進した。

家光の寵愛に溺れることなく、政務について学び、

「三四郎に任せておけば、安心じゃ」

あまり政《まつりごと》に興味のなかった家光から、幕政を預かるほどになった。

「おそるべし」

その堀田加賀守にして左門友矩は無視できない相手であった。

「公方さまは、いまだにあやつを欲しておられる」

すでに女も側に置くようになり、男色の度合いは減った家光だが、なぜか左門友矩

には強い執着を見せていた。

「たしかに美貌は認める」

家光の御成《おなり》行列を先導をする徒頭《かちがしら》として、馬上にある左門友矩の姿を一目見ようと江戸中の女が騒ぎ立てた。

御成行列を民が平伏せずに見学することはできない。そこで女たちは御成道に面した家の二階から、そっと覗《のぞ》き見ようとした。

「将軍家を見下ろすなど論外である」

静かに障子の隙間から見ているくらいならば目こぼしもされただろうが、左門友矩の美しいだけでなく、剣術遣いとしての凛々《りり》しさに魅せられた女たちが、黄色い声をあげてしまい、町奉行が叱責される羽目になった。

「二階の雨戸を閉じよ。障子には目隠しをつけろ」

以降、御成の前に町奉行所が道沿いの家を一軒、一軒検めて回ることになった。

それほど左門友矩は美しい。

「あれが吾が臣ならば、余も手を出したな」

家光によって男色の味を覚えさせられた堀田加賀守も小姓に手を出した。もちろん、今は小姓に精力を使う余裕があれば、側室のもとに通う。すでに嫡男はいるが、無事に家を継ぐことができるとは限らないのだ。子供は多いほどいい。たとえ家を継げなくてもかまわない。幕府の権力を握っている執政と縁《えにし》を結びたいと思っている者はいくらでもいる。

「ご息女を」

娘の嫁ぎ先には困らないし、

「是非、養子としていただきたく」

次男以降も引く手あまたである。

堀田家は譜代としての歴史が浅いうえ、加賀守正盛一代で成り上がっただけに一族一門が少ない。これからも大名として代を重ねていくのに、有力な縁故は必須であった。

「ようやく、家のことにも手がつけられるときに」

ずっと家光大事できた堀田加賀守も、家が大きくなったためそちらを放置するわけにもいかなくなっていた。

「堀田さま、よろしくお願いいたしまする」

天下の者が堀田家に媚《こ》びを売ってくれる状況ができた。

だが、これも将軍という後ろ盾があるからであった。

「左門に一万石を与える」

「二万石と若年寄を」

「老中とする。一万石を加増する」

左門友矩が江戸へ戻ってきたら、焼けぼっくいに火が付くではないが、家光の執心は再発する。いや、前よりも強く執着するであろう。

「もう何者にも奪わせぬ」

たとえ父親の柳生宗矩でも手出しできぬように、左門友矩を引きあげていくのは目に見えていた。

「柳生さま、よしなに」

「当家を是非に」

今まで堀田加賀守、松平伊豆守らに集まってきた連中が、あっさりと流れる。

それらにとって、肝心なのは堀田加賀守の能力や人柄ではなく、家光の寵愛という看板だけなのである。

「それだけは許さぬ」

堀田加賀守にとって左門友矩は、家光の寵愛を奪うだけでなく、地位も狙う仇敵《きゅうてき》であった。

「江戸に戻らぬように釘を刺しておかねばなるまい。そのためにもう一度使者を出すしかないが……」

使者番は将軍の代理である。いかに老中でも家光の許可なく、勝手に出すわけにはいかなかった。

「公方さまにお願いするか」

堀田加賀守が決断した。

二

老中の登城時刻は、四つ（午前十時ごろ）とされていた。

「ご執政衆よりも遅いなど論外じゃ」

あまり早いと下僚たちに負担がかかる。

「まだお出ではないか。ご確認いただきたきことがござるのだが……」

かといって遅いと政務が滞る。

その結果、老中の登城時刻は四つあたりに落ち着いた。

もちろん、式日の場合は将軍の補佐をしなければならないため、五つ（午前八時ごろ）になる。

「朝早くから珍しいの」

四つ前に目通りを求めた堀田加賀守に、家光が怪訝な顔をした。

「お報せせねばならぬことが出来《しゅったい》いたしましてございまする」

「ほう。加賀守がそう申すほどのことか」

普段、堀田加賀守のことを幼名で呼ぶ家光が、受領名を口にした。これは家光が身構えた印であった。

「さきほど連絡が参りましてございまする。柳生左門のもとへ遣わされました使者が、箱根の関所を通過したとのことでございまする」

「遅いの」

堀田加賀守の報告に家光の機嫌が傾いた。

「使者番め、物見遊山のつもりか」

「はい。小者、家士がどこかに救いを求めたという報告もございませぬ。おそらく使者番は風景を楽しんでおるのでは……」

「ふざけおって」

「………」

怒る家光に、堀田加賀守が無言で間を開けた。

「一同、遠慮せい」

家光が他人払いを命じた。

「……これでよいな」

太刀持ちの小姓以外がいなくなるのを待って、家光が堀田加賀守に念を押した。

「かたじけのうございまする」

別段堀田加賀守が求めたわけではないが、主君のしたことを家臣はありがたく受け取るのが決まりである。

堀田加賀守が腰を深く折った。

「但馬の仕業ではないのか」

「まだ断定はできませぬが、まず違うかと。柳生ならば使者に箱根を越えさせますまい」

声を低くして柳生宗矩の妨害を疑う家光に堀田加賀守が否した。

「使者番が出ると知って、できるだけ遅く進んでくれるように頼んだのではないかと」

「おのれ、但馬め」

堀田加賀守の誘導にはまった家光が怒気を発した。

長く離れていた寵臣との再会、その第一歩を崩されたのだ。

「但馬を呼べ」

怒りのまま家光が柳生宗矩を連れてこいと言った。

「お待ちくださいませ」

堀田加賀守が落ち着いた口調で家光をなだめた。

「なんじゃ、三四郎」

家光が堀田加賀守をいつものように呼んだ。

「証がございませぬ」

「そのようなもの、要らぬわ」

堀田加賀守の言葉を家光が否定した。

「言い逃れをさせるだけでございまする。使者番が牛歩である、使者番が山で事故に遭ったなど、柳生にかかわりのない理由はいくらでも出せまする」

「むっ」

「さすがに無理に罪に落とすことはよろしくありませぬ。まちがいなく世間は公方さまが左門のためにと考えましょう」

「それがいかぬのか」

家光が不足を口にした。

「公方さまのお名前に傷が付きまする。それだけは我らが辛抱できませぬ」

堀田加賀守が強く言った。

「三四郎……そこまで躬を」

家光が感動した。

「ですが、御上の使者番の歩みに手を加えたことをこのままにはできませぬ」

「そうじゃ。見逃しにはできぬ。だが、どうする。責めたところで但馬は認めぬのであろう」

　不満を家光が露《あら》わにした。

「柳生但馬守を誘い出しましょう」

「誘い出す……とはどうするのじゃ」

　堀田加賀守の提案に家光が困惑した。

「とっくに着いていなければならない使者番が着いていない。ひょっとして使者番が行方不明になったのではないかとして、その探索を喧伝《けんでん》いたしましょう」

「それで但馬が誘い出せるのか」

　家光が首をかしげた。

「おそらく、いえ、まちがいなく使者番をそそのかしたのは但馬守の手の者でしょう。哀れではございまするが、見つけだした使者番は御上のお役目をないがしろにしたと、公方さまがお怒りだと触れましょう。さすれば柳生も焦りまする」

「但馬に罠をかけるか」

「はい。柳生は使者番を生かしておけなくなりまする。なんとか使者番が江戸に帰るまでに片をつけようと動くはず」

「なるほどの。たしか、柳生には伊賀者がおったはずじゃ。密かに殺害できる」

家光が思いだした。

「疑いが吾が身に向くとあわてた但馬守は、ことを隠蔽《いんぺい》あるいは消滅させようといたすはず。当然焦りによって無理が出る。そこを押さえる」

「柳生の屋敷を見張らせるか」

堀田加賀守の話から家光が思い至った。

「あちらには伊賀者がおりまする。目付や惣目付ではすぐに知られましょう」

「……そうか、伊賀組同心あるいは甲賀《こうか》組を使う」

「ご明察でございまする」

堀田加賀守が気づいた家光を称賛した。

「名案である。三四郎、そなたに任せる」

「承りましてございまする。つきましては、伊賀組と甲賀組の支配をお預けいただきたく」

「かまわぬ。好きにいたせ」

家光が堀田加賀守の望みを了承した。

山に囲まれた狭隘《きょうあい》な谷が柳生の荘であった。

この地を支配する柳生家は菅原《すがわら》氏の出であると称し、南朝と北朝が争った元弘《げんこう》のころ、後醍醐《ごだいご》天皇に味方して戦功を立て、この地を賜った。それ以降、豊臣秀吉によって所領を没収されていた天正《てんしょう》十三年（一五八五）から、関ヶ原の合戦があった慶長《けいちょう》五年（一六〇〇）までの十五年を除いて、八代三百年以上支配している。

当然、地の者たちは、柳生家を領主として尊敬しており、譜代の百姓の誇りをもって、藩政を支えてきた。

といったところで、柳生が代々受け継いできたのは二千石であり、残り八千石は宗矩一代で獲得した新恩の地であった。

「年貢が増えるのではないか」

そのなかでも今回、柳生家に与えられた四千石の地に住んでいた百姓たちが不安を抱いていた。

もともと柳生も含めた大和の地というのは、ややこしい歴史をたどってきた。奈良《なら》に遷都がおこなわれ平城京《へいじょうきょう》ができる前から、大和は朝廷の支配地であった。とはいえ大化《たいか》の改新前は有力な氏族であった蘇我《そが》氏のものであり、天皇直轄地となったのはそれ以降であった。

しかし、すぐに仏教寺院が台頭、寄進という形で朝廷領は侵食されてしまった。

「寺院の影響を排除する」

死後の待遇を人質に、天皇、公家《くげ》を圧迫した寺院に耐えかねた朝廷は八十年ほどで都を京へ移した。

形だけでも遠慮しなければならなかった朝廷がいなくなった大和は、寺院勢力に取りこまれた。その後、朝廷が二つに割れたり、武士が力を付けるようになったことで大和もその姿を変えざるを得なくなった。

都である京に近く、政争に敗れた者の逃げ場所となる吉野《よしの》を持つ。生駒《いこま》山を越えるだけで河内《かわち》という水運の地にも近く、船を使って堺《さかい》から西国へと繋っていく。それは物資の調達が容易であるということである。

また大義名分である朝廷が置かれている山城国と隣接しており、南から京を窺《うかが》える。天下を狙う者が、大和を支配しようとするのは当然であった。

「仏敵め」

これに立ちはだかったのが、興福寺《こうふくじ》をはじめとする寺院の僧侶たちであった。僧兵という戦力と「地獄に落ちるぞ」という脅し文句を駆使して、仏教勢力が抵抗した。

こういった経緯を繰り返し、大和は騒動に慣れた。

ただ、同じような条件を持つ近江国《おうみ》と違うのは、まとまりがなかったことである。近江国が京極《きようごく》氏、六角《ろつかく》氏、浅井《あざい》氏、織田氏、豊臣氏と大名家の支配を受けてきたのに比して、大和は筒井《つつい》氏の勢力が増大するまで、寺院勢力、地の領主が争い続けてきた。

それを落ち着かせるため豊臣秀吉は、弟秀長《ひでなが》を大和の国主として封じた。これで大和は豊臣のものとなり、代々受け継がれていくはずであった。

だが、豊臣秀長はしっかりとした後継者を儲けることができずに病死し、支えを失った秀吉は施政者としての義務をかなぐり捨てて外征に手をつけ、その死後につけを払うことになって、豊臣氏は大坂に滅んだ。

「扱いにくい」

次いで天下人になった徳川家康は、大和を一つの国として運用することをあきらめた。小さな大名をいくつか置いただけで、あとは直轄地として組みこんだ。

ここに目立たないが、大きな問題が出た。

年貢である。

幕府は天下を統《す》べる。なれど諸大名の領内には手出し、口出しをしない。言うまでもなく島原の乱のようなことがあれば、領内治政不行き届きとして咎めた。

藩主を隠居させたり、家老を切腹させたり、転封、減封、そして改易を命じる。

それは表に出なければ、罰しないということでもある。

四公六民という善政を敷いていた北条《ほうじょう》氏の支配に染まっていた関東とその他の地方で差があるとはいえ、幕府は基本五公五民であった。対して、大名は己で年貢を上下できた。

譜代大名のなかには幕府に倣って五公五民が多いが、外様大名だと戦国のころから変わらず六公四民のところがほとんど、なかには七公三民という厳しいところもある。

「柳生さまは大名なんだろう」

「年貢はどうなっている」

「五公五民という話じゃが、これはお旗本のときのこと。お大名となれば増やされるのではないか」

水害、冷害などの天災よりも、百姓たちが怖れるのは圧政であった。

天災はそのときを耐えれば、復活できる。しかし、圧政は何年も続いた。

「年貢を減免いただきたく」

去年まで五公五民だったのが、八公二民になったとしても、一年や三年では幕府は動かない。

「あまりやりすぎるな」

それがさらに続いても、幕府は大名に注意を与えて終わりである。

「辛抱できん」

年貢を納めるために借財をし、娘を売り、生まれたばかりの子供を間引く。それでも生きていけないとなったとき、おとなしい百姓も牙を剝く。

一揆をおこしても、領内で留まっている間は問題なしとされる。これが隣国へ拡がったり、自力で抑えきれなくなって幕府へ助力を願って、ようやく幕府は重い腰を上げる。

そうなっては手遅れであった。

「どうじゃろう、村の代表が藩庁まで出向いて、年貢は変えないとお約束をしていただいては」

かわせた。

「重くなってからでは遅いでの。先手を打つべきじゃ」

　こうして新たに柳生の領地となった土地の百姓が、代表を選んで柳生の陣屋へと向かわせた。

　柳生は大名になったばかりで、陣屋を建てるところまで手が回っていない。大百姓の屋敷をとりあえずの藩庁として借りあげていた。

「百姓どもがなんじゃ。まあよい、会おう」

　定府として江戸にいる柳生宗矩から任じられた代官が、百姓たちの面会を受けた。

「このたびは御領地に組み入れていただきましたことを御礼《おれい》申しあげまする」

　嫌でも喜んでいる顔をしなければ無礼になる。百姓の代表が、縁側で平伏した。

「これから頼むぞ。まちがいはないと思うが、年貢をごまかすようなまねをしてくれるなよ」

　幕府領の者は将軍家の百姓だと威張り、新しい藩主に従わないことがままある。それを懸念した代官が最初に釘を刺した。

「その年貢でございまするが……」

百姓の代表が用件を口にした。

「いかがでございましょうか」

年貢を決めるのは柳生家の方である。代官が不快な表情を浮かべた。

「………」

百姓が回答を求めた。

「殿より、年貢についてはなんのご指示も来ておらぬ」

「では、我らも古くからの御領地と同様に扱っていただけると」

旧来の地は安い年貢で、新しく手に入れたところは重くするというのはままある。

「我らは先祖代々お支えしてきたのだ。それが昨日今日の者と同じ扱いとは、納得できませぬ」

譜代の百姓の矜持は高いし、ないがしろにすれば検地を邪魔したり、収穫を偽ったりと、嫌がらせをされる。下手を打てば、城下近くで一揆を起こされることもある。藩として、譜代の百姓は優遇しなければならないのだ。

「であろう」

代官に断言するだけの権限はない。代官の返答が曖昧になるのは当然であった。

「証をちょうだいいたしたく」

「……証だと」

百姓の求めに、代官がより表情をゆがめた。

「お約束くださるという一筆を殿さまより賜りたく」

「……愚かなことを申すな。殿に無礼であるぞ」

一筆を求める。これは言葉だけでは信じられないと言っているのも同じであった。

「後々のためでございまする」

止めた代官に百姓が首を横に振った。

「抑えよ。そのようなものを出せるわけがなかろう」

書き物はまさに証拠になる。しかも柳生藩初代藩主柳生宗矩のものとなれば、末代までその内容は効力を持つ。

「初代さまの……」

百姓が持ち出してきたら、ときの藩主は逆らうことがしにくくなる。

いや、柳生宗矩本人も身動きが取れなくなった。

「お出しいただけぬということは、お約束を反故《ほご》になさるおつもりだと」

「そうではない、ないが……」

代官が詰まった。

領地を預かる代官は、柳生藩の内情をよく知っていた。

柳生はものなりがあまりよくない。大和の国は夏は暑く、冬は寒い。さすがに奥州ほど厳しい冷害はないが、何年かに一度凶作になった。

さらに柳生家には備蓄がなかった。なにせ、先代から浪々の身となったのだ。無禄で剣術を指導して受け取る礼金で、一族がようやく食べてきた。とても貯蓄をするだけの余裕などない。

なんとか領地を取り返したが、旗本では勝手に領地の年貢をあげることはできず、いまだに貧しいままである。

将軍家剣術指南役をしているおかげで、大名や旗本が門下として加わってくれるので、それなりの音物《いんもつ》はもらえているが、江戸の屋敷を維持するだけで精一杯であった。

「大名になったならば、年貢があげられる」

国元の役人たちは、安堵していたし、実際、来年くらいから六公四民にしようかと考えていた。

そこに百姓たちが来た。

代官が明言できないのも無理はなかった。

「年貢をあげられるおつもりでございますな」

煮え切らない代官に百姓が詰め寄った。

「儂ではなにも言えぬ。すべては殿のお考え次第である」

追い詰められた代官が、柳生宗矩の名前を出すことでこの場を収めようとした。

「ならば、殿さまのお許しを得ればよいのでございますな」

幕府領の百姓は諸藩の代官なんぞ、相手にしない。

「な、何をする気だ」

「江戸へ参りまする」

驚いた代官に百姓が告げた。

「直訴する気か」

「とんでもない。お願いをしに行くだけで」

百姓が平然と返した。

「ならぬぞ」

そのようなまねをされては、代官の失点となる。

「国元を預けておるというに……」

まちがいなく代官の地位は剝奪される。

「では、お代官さまから殿さまへお取り次ぎを」

「…………」

再度要求してきた百姓に、代官が黙った。

「……江戸へ参りまする」

百姓が腰を上げかけた。

「死罪になるぞ」

「なぜ、そのようなことに」

低い声で言った代官に百姓が首をかしげた。

「直訴は御法度《ごはっと》である」

幕府はもちろん、どこの大名家も当主へ直接願いを伝える直訴を禁じていた。不審な者を近づけて、万一のことがあってはならないとの懸念と、面倒な手順を踏ませることで訴えることを諦めさせるためである。

「わたくしどもは、将軍家の百姓でございました。その百姓になにかあれば、御上からお問い合わせがございましょう」

「なにを申すか。そなたらはもう当家の支配である」

代官が否定を突きつけた。

「やってみればわかりまする。公方さまがわたくしたちを取られるか、柳生家を取られるか」

あくまで百姓は折れなかった。

「…………」

不意に百姓たちの最後尾にいた男が、崩れ落ちた。

「えっ……血」

隣にいた百姓が浴びた血に悲鳴を上げた。

「うるさい」

その百姓の首が左門友矩によって飛ばされた。

「どうした……左門さま」

そちらをみた代官が血刀を下げた左門友矩に気づいた。

「だ、誰っ……」

「公方さまのお名前を出して、おまえらごときが我らを脅すなど見逃すわけにはいかぬ」

あわてて振り向いた百姓の代表の前に左門友矩が立った。

「死んで詫《わ》びよ」

左門友矩が一刀で百姓を屠《ほふ》った。

「さ、さ、左門さま……」

代官が腰を抜かしていた。

「公方さまのお名前を出したところで誅《ちゅう》さぬか」

「で、ですが……」

左門友矩の命《めい》を拒もうとした代官に、

「おまえも公方さまを敬わぬのか」

血刀を擬して、左門友矩が殺気を発した。

「い、いいえ」

代官が必死に首を横に振った。

「……ああ、公方さま」

左門友矩が代官から目を離して、うっとりと口にした。

三

柳生屋敷の近くまで来た佐夜はしっかりと目撃されていた。

「あれは……素我部の」

屋敷の門番をしていた伊賀者が、佐夜の顔を見逃すはずはなかった。

「……誰か」

かといって門番が勝手にその場を離れるわけにはいかなかった。しかも使者番を殺しに出た同僚三人は十兵衛三厳と一夜によって説き伏せられ、佐夜の兄素我部一新は国元に帰された。

じつに江戸にいた伊賀者の半分が欠けている。

「伊賀から人を呼べ」

戦力ががた落ちになったことを憂えた柳生宗矩が、その補充を命じてはいるがすぐにどうにかなるものではなかった。

「手が足りぬ」

門番の伊賀者が佐夜の背中を見失わないように目で追った。

「どうかしたか」

伊賀者ではない門番足軽が、潜り門の覗きを開けて呼んだかと尋ねた。

「殿にお報せせねばならぬことができた。交代をしてくれ」

「……わかった」

一瞬、間を空けた門番足軽が首肯した。


「殿」

「その声は瀬助《せすけ》か」

書院の襖《ふすま》越しに声をかけた門番の伊賀者に、柳生宗矩が応じた。

「入ってよい」

伊賀者は足軽と同じように扱われる。身分差が大きく、本来は直接当主と話のできる身分ではなかった。しかし、忍としての仕事のときだけは別であった。他人に知られてはまずいことだからこそ、伊賀者を使っているのだ。密談が許されて当たり前であった。

「なにがあった」

「素我部の妹佐夜が……」

「佐夜か。あの役立たずめ」

柳生宗矩が吐き捨てた。

佐夜はわざわざ一夜を自家薬籠中のものとすべく用意した。だが、一夜の家に入りこむまではできたが、それ以上の仲には進まなかった。

牢人たちに乱暴されようとした一夜の母を助けた後、己があっさりとその誘いに乗って抱いた柳生宗矩にとって、身持ちの堅い一夜はもちろん佐夜も腹立たしい相手になっていた。

「なにしに来たのだ」

「屋敷から一丁（約百十メートル）ほどの間を空けておりましたので」

理由はわからないと、瀬助と呼ばれた門番伊賀者が答えた。

「帰るに帰れないといった感じか」

任を果たせなかった伊賀者はいる。これは帰還できた。相手が予想より強すぎた、状況が変わった、他から邪魔が入ったなどの事情が勘案されるからだ。能力が足りずに任を失敗したときは、本人ではなく指図を出した者が責任を負う。人選をまちがったからである。

しかし、任に失敗して、その報告に戻らなかった者は別であった。

任を命じた者が失敗を知らずにいれば、後の手が打てなかったり、まちがえたりすることになる。下手をすれば、そのことで家が大きな傷を受ける可能性もある。

「いえ」

瀬助が首を振った。

「隣に若い女を伴っており、仲良さそうに話をしておりました」

「若い女……」

柳生宗矩が怪訝な顔をした。

「見たことのない女でございました」

「……ふうむ。佐夜はまだおるのか」

「いえ、若い女を連れて去りましてございまする」

問われた瀬助が首を左右に振った。

「どこへ行ったかは……わからぬか」

「手が足りませず」

嘆息した柳生宗矩に、瀬助が申しわけなさそうにした。

「……一夜め」

柳生宗矩が憎々しげに吐き捨てた。

伊賀者の数が減ったのも一夜が原因であった。正確には、伊賀者へ指示を出した柳生宗矩の失策なのだが、人というものは己の失策を認めたくない。己のせいだと思わなければ、誰かに責任を押しつけることになる。

柳生宗矩にとって、その相手は一夜であった。

「まさかと思うが、一夜の姿はなかったのだな」

「どこかに潜まれていたとあればわかりませぬが、まずまちがいなくなかったかと」

念を押された瀬助が柳生宗矩へ応じた。

「……見知らぬ若い女か」

しばらく柳生宗矩が思案していた。

「手の空いている者は……ないな」

瀬助をちらと見た柳生宗矩が、頭を横に振った。

「…………」

瀬助は黙ってうつむいた。

人手が足りないのは、瀬助のせいではないので詫びるのはおかしい。それどころか、下手な詫びは、暗にしくじった柳生宗矩を揶揄《やゆ》していると取られかねなかった。

「当家で……勘定方も後始末で手一杯」

暇な者を探そうとした柳生宗矩だったが、誰もが忙しいことにあらためて気づいただけであった。

武を誇りにしている柳生家では、勘定方の地位は低い。雑用を言い渡されるのは、いつも身分の低い伊賀者か、下に見られている勘定方であった。

その勘定方が、当主である柳生宗矩の用も果たせないほど駆けずり回っていた。

「出入り商人くらいあしらわんかい」

「元値を考えて、商品は買え。ええか、これは元値まで値切れという意味やない。ちゃんと店の儲けも考えてやらなあかん。儲からんとわかれば、商人は離れていくで。

そうなったら困るのは、こっちや。ただ、こっちがものを知らんのを利用して、法外な値段で売りつけようとする連中を放し飼いにするな」

「あまりに安い値段を言うてくる奴を信用するな。見本と商品が違うとか、納品の数が足りてないとかをしてくる」

「城下町へ出んかい。店を覗いてこい。ものの値段もわからんようで、勘定方なんぞ務まるかい」

一夜に尻を叩かれた勘定方が動き出した。

「…………」

気に入らぬとはいえ、このために一夜を江戸へ呼んだのだ。その柳生宗矩が回り始めた柳生家の財政を止めるわけにはいかない。

「……ふう」

なんともいえない吐息をして、柳生宗矩が瀬助を見た。

「主膳をこれへ」

柳生宗矩が命じた。

堀田加賀守から報告を受けた家光は、素早く動いた。

「体調が優れぬゆえ、しばし稽古は休む。あらためて召すまで登城に及ばず」

家光は柳生宗矩を江戸城から引き離した。

将軍家剣術指南役としていつ呼ばれても応じられるように、柳生宗矩は城内に控えているが、来るなと言われれば行くわけにはいかなかった。

もともと剣術をはじめとするすべての武芸に興味の薄い家光である。登城しても呼び出されないほうが多い。

「加藤のことに専念せよとのお指図であるな」

柳生宗矩はそう受け取った。

「使者を命じる」

そのうえで家光は新たな使者を左門友矩のもとへと向かわせた。

だが、それを見逃さない者がいた。惣目付秋山《あきやま》修理亮《しゅりのすけ》正重《まさしげ》であった。

「登城停止ではない」

柳生宗矩に咎めることがあっての登城停止ならば、惣目付へ報せが来る。その報せを受けて惣目付が動き、柳生宗矩を罪に問うかどうかを決める。

「主膳はどうなっている」

柳生家の当主である宗矩に問題があったなら、その息子主膳宗冬にも波及する。主膳宗冬は書院番士であり、三百石という禄も得ているため、旗本の扱いになる。大名を監察する惣目付のもとに、旗本の去就は報されなかった。

もっとも主膳宗冬の三百石は分家のためではなく、書院番という役目に対する役料のようなもので正確には旗本でもないのだが、それでは監察できる者がいなくなる。結果、目付が担当している。

「問い合わせるとするか」

秋山修理亮が目付部屋へと足を運んだ。

本家が大名で分家が旗本というのは多い。そのため、惣目付と目付は互いに問い合わせに融通を利かせている。

「なにも」

問い合わせに目付が首を横に振った。

「さようか」

「なにか柳生主膳に問題でも」

用はすんだと踵《きびす》を返した秋山修理亮に、目付が訊いた。目付としては、旗本の不祥事かと気にするのは当たり前である。

「いや、但馬守がな。公方さまより登城を当分せずともよいとのご諚《じょう》を下しおかれたというのでな、気になっただけよ」

「まことにそれだけで」

疑い深くなくては目付など務まらない。

目付が食い下がった。

「ああ」

秋山修理亮がうなずいた。

「では、拙者が柳生を調べても」

「本家への手出しはいたすなよ」

役人は職権に他所《よそ》からの干渉を嫌う。

「わかっておりまする」

目付が首肯した。

「咎めではない。ならば柳生を自在に動けるようにした……か」

目付部屋を後にした秋山修理亮はそう考えた。

「見晴らせたところで、見抜かれるだろう」

柳生家は武でなっている。

惣目付には目付における徒目付、小人《こびと》目付のような下僚はいなかった。惣目付は己の家臣を使って、探索をさせる。

秋山家は四千石を食《は》んでいる。家臣は士分、足軽、小者を含めて八十人近く抱えている。とはいえ、戦を経験したことのある者はおらず、剣術に長《た》けた者も少ない。ましてや忍など一人もいなかった。

「甲賀者も使えぬ」

一度は甲賀者を取りこんだこともあるが、それもしくじっている。

「どうするか」

秋山修理亮は思案しながら屋敷へ戻った。

「軍内《ぐんない》」

屋敷へ帰った秋山修理亮は次席用人を呼んだ。

「いかがなさいました」

「そなたに訊きたいことがある」

顔を出した次席用人を秋山修理亮が手招きした。

「……なにか」

それだけで密談だとわかる。

軍内が声を小さくした。

「市井の噂ていどでよいが、忍はおらぬか」

「忍でございますか」

主君の問いの真意を測りかねたのか、軍内が首をかしげた。

「お役目のことで、忍が要るのだ」

「………」

言われた軍内が困惑した。

「しばしときをいただいても」

家臣として否やは言えない。軍内は猶予を求めた。

「あまりやれぬぞ」

秋山修理亮が急げと述べた。

四

柳生宗矩から佐夜を探せと指示された主膳宗冬は、非番を利用して市中を徘徊《はいかい》していた。

「佐夜か……」

主膳宗冬は佐夜の顔を覚えていた。

「商人づれにはもったいない」

佐夜を一夜の妻にすると聞いた主膳宗冬はそう思った。

「あやつに汚される前に……」

佐夜を吾がものにしたいと考えたが、父の決めたことに逆らうわけにはいかず、あきらめた。その佐夜が一夜のいない江戸にいる。

「探し出してみせる」

主膳宗冬が独りごちた。

そのころ、佐夜と永和は駿河屋総衛門の店に滞在していた。

「大坂の淡海屋七右衛門宅の者でございまする」

「ようこそお出でで」

そう名乗った佐夜と永和を駿河屋総衛門は歓迎した。

「……お二人とも淡海さまの」

「許嫁《いいなずけ》で」

「いずれ妻となる者でございまする」

念のためにと尋ねた駿河屋総衛門に、永和と佐夜が胸を張った。

「さすがは淡海さまでございますな。上方と江戸で女《おなご》さんをお作りになるとは。しかも商家のお方とお武家さまの娘御」

駿河屋総衛門がしっかりと二人の差を見抜いていた。

「まあ、いい男には惚《ほ》れる女もできるというもの」

「なにをおっしゃりたいのか」

「ふふ」

挑発するような駿河屋総衛門に、佐夜と永和がそれぞれの反応を見せた。

「本妻は駿河屋はんの娘はんですか」

永和が笑いを浮かべたまま言った。

「天下に名だたる商人となる男を婿に欲しいと思わないはずはございますまい」

堂々と駿河屋総衛門が永和に返した。

「娘はんはどちらに」

わざとらしく永和が周囲を見回した。

「奥で『源氏物語《げんじ》』を読んでおりまする」

「さすがは駿河屋はん、娘はんはどこぞのええところへ嫁がせはるんですなあ。同じ江戸の豪商、いや、お旗本の奥様に」

答えた駿河屋総衛門に永和が、大仰に感心して見せた。

「祥《さち》は一人娘でございますので、嫁には出しませんよ」

平然と駿河屋総衛門は応じた。

「着物、小間物、物見遊山。祥が求めるものをすべて与えられる。婿にはそれくらいの器量がないと」

「一夜はんに、それを求めると」

駿河屋総衛門の要求に、永和が本気かという顔をした。

「ええ。それくらいはできましょう。いえ、淡海さまなら、駿河屋を今の倍、いえ数倍に拡げてくださるはず」

「それにはまったく同意しますけど……」

惚れた男が褒められた。永和が喜色を見せた。

「でも、一夜はんは、お人形を妻になさる気はありまへん」

永和が表情をなくしながら、首を横に振った。

「うちの娘が人形のように愛らしいと」

「……佐夜はん。任すわ」

うれしそうな駿河屋総衛門に永和が折れた。

「よく頑張られたと思いますよ。駿河屋の主といえば、ご老中方とも直接遣り取りできる人物。一代で駿河屋を御上出入りにまでした傑物でございます」

「そうなんやあ」

永和が肩を落とした。

「いやなかなかでございますよ。三年ほど学んでいただければ、当家の番頭くらいは務まりましょう」

「三年もかあ」

駿河屋総衛門の言葉に永和が嘆息した。

「お疲れのようでございますな」

「旅よりもはるかにすり減りましたわ」

優しい目で見てくる駿河屋総衛門に永和がうなだれた。

「淡海さまのおかかわりとあれば、何年いてくださっても結構でございますよ。あとで娘にも挨拶をさせまする」

「甘えさせてもらいます」

駿河屋総衛門の厚意に、永和が甘えた。

「誰ぞ、いるかい」

「……はい」

手を叩いた駿河屋総衛門に応じて、若い女中が現れた。

「お客さまがご滞在くださる。奥の客間へご案内をしなさい」

「承知仕《つかまつ》りました。若《わか》と申しまする。なにかございましたら、ご遠慮なくお申し付けくださいませ」

若と名乗った女中が述べた。

「永和です。頼みます」

「佐夜でございまする。よしなに」

永和と佐夜も返礼した。

「こちらへ」

「ありがとうございます」

永和も信濃屋という大坂の豪商の娘である。要るときはしっかりとした礼儀ができる。

「お気になさらず」

駿河屋総衛門が笑顔で見送った。

「……さすがだねえ」

二人がいなくなった座敷で、駿河屋総衛門がつぶやいた。

「淡海さまの目は確かだ。祥では勝負にもならぬ。いや、祥が勝負にくわわることはないな。甘やかしが過ぎたか」

駿河屋総衛門が苦笑した。

「女に商いをさせない。娘には優秀な婿を取り、商売はその者がする」

ちょっとした大店では、息子よりも娘の誕生を喜んだ。息子がよくできればいいが、そうでないとなると将来店を潰すことになりえる。その点、娘は普通であればよかった。器量が優れているに越したことはないが、おろかであっても婿ができた人物であれば、店を大きくできずとも維持くらいはしてくれる。息子には遊んで暮らせるだけの資産を分ければいい。

「淡海はんが欲しい」

駿河屋総衛門が口に出した。

「…………」

小さな音が天井裏でした。

「……佐夜さまですな。どうぞ」

あわてることなく、駿河屋総衛門が招いた。

「お気づきとは」

「あなたさまのお兄さまにはお目にかかったことがございますので」

素我部一新を知っていると駿河屋総衛門が告げた。

「一夜さま、ですね」

「さようでございますよ」

確かめた佐夜に駿河屋総衛門がうなずいた。

「ご存じでしょうか」

「淡海さまですかな。それともお兄さま」

駿河屋総衛門が尋ねた。

「一夜さまのことでございまする。兄は放っておいても生きておりましょうし」

「仲のいいことでございますな」

あっさりと素我部一新のことを捨てた佐夜に、駿河屋総衛門が笑った。

「お褒めにあずかりかたじけなく存じます」

ちょっとした嫌みを佐夜はていねいな対応で返して見せた。

「なかなか手強《てごわ》い。永和さまより怖ろしいですな」

駿河屋総衛門が苦い顔をした。

「柳生家のお方が、永和さまとご一緒に上方からお出でとは不思議ですな」

「淡海屋を見に行っておりました」

「ほう、淡海屋さまを」

興味を駿河屋総衛門が持った。

「こぢんまりしたお店でございました」

「扱われるものがものでございますからね。大きな間口は不要でしょう」

佐夜の感想に駿河屋総衛門が首肯した。

「あまり余裕もございませんので」

雑談はここまでにしてくれと佐夜が願った。

「はい。でお訊きになりたいのはなんでしょう」

駿河屋総衛門が促した。

「一夜さまの居場所を」

「はて、柳生家から出されたお方がご存じない。お屋敷へは」

質問を受けた駿河屋総衛門が怪訝な顔をした。

「事情があり、屋敷には参っておりませぬ」

佐夜が無表情に答えた。

「その事情を聞きたいですな」

「簡単なこと。一夜さまに負けて逃げ出しただけ」

「そうですか」

それ以上のことを駿河屋総衛門は問わなかった。

「では、淡海さまですが、もう江戸にはおられません」

「それはっ」

佐夜が驚愕した。

「柳生のご当主さまがなにかなされたようで、とうとう堪忍袋の緒が切れたらしく、十日にはなりませんが、江戸を離れられまして」

「船で来たのがよくなかったか」

駿河屋総衛門の話に佐夜が悔やんだ。

「大坂へ戻られたのでございますか」

「最終は大坂でしょうが、兄十兵衛さまのために柳生を整えるとかで、まずは国元へ」

「国元……」

佐夜が苦い顔をした。

「帰りにくいですか」

「さすがに」

仕事を途中で投げ出したと言われてもしかたないのだ。佐夜がため息を吐いた。

「……ですが、そのようなことは言っておられませぬ」

佐夜が顔を上げた。

「お見事でございまする」

決意を駿河屋総衛門が称賛した。

「急ぎ戻らねば……」

「手形はお持ちでしょうか」

気もそぞろになった佐夜に駿河屋総衛門が訊いた。

「……いえ」

佐夜が消沈した。

「船も要るはずですが」

船は下田《しもだ》奉行所の船番所で検めを受けることになっていた。

「それは信濃屋さまが手配りを」

気まずそうに佐夜が口にした。

「金でございますか」

「船に隠し蔵がございまして。そこに身を潜めておりました」

あきれた駿河屋総衛門に佐夜が居心地悪そうに答えた。

「江戸へ向かう船には甘いと聞きますが……」

駿河屋総衛門が吐息を漏らした。

「帰りは隅々まで検めますよ」

江戸から西国へ向かう女には厳しい。江戸に証人、人質として留められている大名の正室、姫の脱出を幕府は見張っている。

「わたくしだけならば、どうにでもなるのですが」

「さすがに永和さまでも関所破りはできませんなあ」

駿河屋総衛門が首を左右に振った。

「そもそもどうやって帰るおつもりだったのでございますか」

江戸へ来て一夜を迎えた後、大坂へ帰るにも手形が要った。

「わたくしが鳥追いに扮《ふん》し、一夜さまと永和さまは夫婦という形を装えば」

芸人、医者、坊主、神官、産婆は箱根の関所を手形なしで通れた。どれも職務を証明することが手形代わりになった。

鳥追い女のような芸人は、面番所で三味線を弾いて歌ってみせれば許される。

また、武家の夫婦は主家の証明があればすむ。

「柳生家の証明くらいは、わたくしが……」

偽造できるとまでは言わなかったが、どうにでもできると佐夜が告げた。

「妙手とまでは言えませんが、悪い手ではありませんね。もっともそれは一夜さまと一緒に帰ることができたときの話」

「………」

欠点を突かれた佐夜が黙った。

「わかりました。乗りかかった船です。手形はこちらで用意いたしましょう」

「よろしいのですか」

佐夜が駿河屋総衛門を見上げた。

「これくらいは淡海さまから受けた恩のお返しにさえなりません」

駿河屋総衛門が手を振った。

町人の通行手形と呼ばれる切手は、たしかに町内に住んでいますという町役人の証明とキリシタンではありませんと保証する菩提寺《ぼだいじ》の一筆を幕府の留守居あてへ出し、認可を受けなければならない。

留守居は将軍が御成をしている間の江戸城を預かる、十万石格を与えられた旗本の顕職である。

「お留守居さまとは親しくさせていただいておりますので」

江戸城へ納める薪炭の購入先指定に留守居もかかわる。その関係で駿河屋総衛門は留守居といつでも会えた。

「ですが、菩提寺の……」

佐夜が戸惑った。

永和は大坂、佐夜は伊賀に菩提寺がある。今から書類を取り寄せていては、往復だけで十日以上かかってしまう。

「そのようなもの、いくらでも用意できますよ。江戸には何百というお寺がございますから。そのなかには無住となった寺もね」

駿河屋総衛門がにやりと笑った。

「……畏《おそ》れ入りました」

素直に佐夜が頭《こうべ》を垂れた。

いかに駿河屋総衛門でも手間をなくすことはできない。

二人分の手形の作成に一日の猶予を求めた。

「一日ください」

「……おおきに」

「ありがとうございます」

永和と佐夜が息を呑んだ。

「祥が来たようです。ご挨拶をなさい」

「駿河屋総衛門の娘祥でございまする」

女中に連れられて祥が顔を出した。

「上方で味噌問屋を営んでおります信濃屋幸衛門の長女永和でございます。こちらは連れの佐夜」

「よろしくお願いをいたしまする」

女たちが頭を下げ合い、顔合わせはすんだ。

「手形ができるまでの間に、江戸見物でもなされては」

駿河屋総衛門の勧めに応じて、二人は店を出た。

「なんぼ力があるんやろう。手形が一日でできるとは驚きや」

「これからは金の世やと一夜さまが言われたのはまことでございますね」

永和と佐夜が顔を見合わせた。

「祥はん、美人やったなあ」

「たしかに」

「でも、怖くはないわ」

「ええ」

二人は祥を敵とは見なさなかった。

「一夜さまを相手にしておられません」

「人を見る目が足らん」

揃《そろ》って永和も佐夜も安堵していた。

「でも、駿河屋はんは手強い」

「はい」

二人にとって、駿河屋総衛門は強敵であった。

「ですが、大坂に一夜さまが戻ってしまえば、いかに駿河屋さまでもどうしようもございますまい」

「それは甘いわ」

気を抜いた佐夜に永和が首を横に振った。

「あの御仁や。そう簡単にあきらめてはくれへんで。それこそ、大坂へ駿河屋の出店《でだな》を作るくらいのことはしはるやろ」

永和が険しい目つきで言った。

「……あり得ます」

佐夜が認めた。

「まあ、今は江戸を楽しもう。一夜はんに会ったとき、江戸のことで話できるし」

「同じ話題で気を盛り上げると」

抜け目のない永和に佐夜があきれた。

「佐夜はんは、よう知ってるんやろ。江戸のこと」

「いいえ。一夜さまの相手をするために江戸へ呼び出されたので、名所一つも見ておりません」

永和に訊かれた佐夜が頭を左右に振った。

「それは酷《ひど》いなあ」

「忍というのは、そういうものでございますよ」

同情する永和に佐夜が苦笑した。

「ほな。今日はたっぷり、遊びましょ」

「そうですね」

女二人が江戸の町を歩いた。

「いい女だな」

「おい、見ろよ。美人二人がこっちに来るぜ」

膨張し続ける江戸は仕事に溢《あふ》れている。食いかねた百姓や商人の次男、三男、牢人が江戸へやってくる。ただ、女は旅が危ないのと難しいのとで、あまり江戸へ出て来ない。

そのため、江戸は極端な女不足になっている。

そこに人目を惹《ひ》くほどの若い女がいれば、たちまち目が集まる。目だけでなく、話を聞きつけた男も集まってくる。

「……なんの騒ぎだ」

あてどもなくさまようように佐夜を探していた主膳宗冬が、人だかりに気づいた。

「美人……だと」

主膳宗冬が人垣の隙間から覗きこんだ。

「……さっ」

目標を見つけた主膳宗冬が名前を呼びかけて、かろうじて止めた。人だかりで気配に埋もれているとはいえ、さすがに名前を呼べばばれる。

「………」

主膳宗冬が黙って二人の後を付け始めた。

第四章　騒動の種

一

佐夜《さよ》を見つけた。

「よくぞしてのけた」

柳生宗矩《やぎゅうむねのり》が報告した主膳宗冬《しゅぜんむねふゆ》を褒めた。

「これぐらいさほどのことでもございませぬ」

主膳宗冬が謙遜しながら、得意げに胸を張った。

「で、どこに佐夜はいた」

「駿河屋《するがや》に入っていくまでを確認いたしました」

問うた父に主膳宗冬が答えた。

「よく気づかれなかったの」

「幸い、佐夜の周りに男どもが群がって……」

「なるほど。他人の気配にまぎれたか。うむ、見事である」

聞いた柳生宗矩が主膳宗冬をもう一度賞した。

「…………」

最近は叱られてばかりだった主膳宗冬が照れた。

「そういえば、もう一人の女はどうした」

「ずっと佐夜と行動を共にいたしておりました」

主膳宗冬が述べた。

「何者かは、わかったか」

「そこまでは」

無理だったと主膳宗冬が首を横に振った。

「ふむ。いたしかたないな」

「ただ、雰囲気から商家か職人の娘のように思えましてございまする」

難しい顔をした柳生宗矩に主膳宗冬が付け加えた。

「武家ではないのだな」

「まず違うと」

正体がわかっていないのだ。断言はできなかった。

「ならば、巻きこんでも大丈夫であろう。武家の娘であれば、その背景をよく見ねば大事になりかねぬが」

身分というのは、ひっくり返せないものであった。

「無礼者」

武士に無礼討ちが認められているのは、その一つであった。

実際はそうそう無礼討ちは認められないが、逆は絶対に許されなかった。

「妻が襲われ……」

「屋敷へ押しこんで……」

どのような事情があろうとも、武士を殺した町人は死罪を免《まぬが》れない。

柳生宗矩が気にしたのは相手も武家であったときに、佐夜との遣《や》り取《と》りに巻きこんで怪我《けが》でもさせれば面倒になるからであった。

「当家の娘に傷を負わせた」

柳生よりも格下の家なら、金で終わらせることができる。それが格上となると金で話はつかなかった。

「詫《わ》び状をもらおう」

後々まで柳生家がしくじったという証拠を求められることもある。そして、それを柳生宗矩は拒むことができない。

「駿河屋か……」

今度は違う理由で柳生宗矩が苦い顔をした。

「いかがなさいました」

主膳宗冬が悩み出した父を気遣った。

「駿河屋に借財がある」

「借財でございますか。それはそれ。佐夜のことは佐夜のことでございましょう。佐夜は当家の罪人でございまする。踏みこんで捕まえるに、なんの遠慮も要りますまい」

柳生宗矩の悩みを主膳宗冬が一蹴《いっしゅう》した。

「それは正論ではあるが、そうはいかぬ」

　金を借りている相手の機嫌を損ねるようなまねは、まずかった。

「まとめてお返しいただきましょう」

「御上《おかみ》へ訴えさせていただきまする」

　町人だからといって泣き寝入りするばかりではなかった。

「なにをいたした」

　柳生宗矩を惣目付《そうめつけ》、あるいは老中が呼び出して咎《とが》める。

「御加恩を取りあげる」

　加増されたばかりの四千石を収公されるかも知れなかった。

　別段、大名でなければ将軍家剣術指南役ができないというわけではない。さすがに目通りできない御家人には務まらないが、数百石でも十分であった。

「またぞろ出て参りましょう、それまで外で見張るというのは」

　主膳宗冬が別案を口にした。

「ううむう。人手がなあ」

　店を見張るとなると表と裏を担当するため、最低でも二人要った。

「それほど足りませぬか」

「伊賀者《いがもの》が減りすぎた」

尋ねた息子に柳生宗矩が苦く頬をゆがめた。

いつ出てくるかわからない相手に二六時中気を張っているというのは、よほどの忍耐がなければできるものではなかった。

「わたくしも御用がございますし」

「儂《わし》も手が離せぬ」

主膳宗冬と柳生宗矩が悩んだ。

「……一人ならなんとかできませぬか」

少しして主膳宗冬が言い出した。

「一人くらいならば、なんとかなろうが。どうするのだ」

柳生宗矩が主膳宗冬に訊《き》いた。

「駿河屋に忍びこませては」

「佐夜が気づくぞ」

主膳宗冬の提案に穴があると柳生宗矩が指摘した。

「今日、わたくしに気がつかなかったのでございますが、なにより、佐夜は忍《しのび》として
どれほどの腕なのでございまするか」

「忍としての腕……聞いておらぬ」

柳生宗矩が首を左右に振った。

「さほどのものではないと見ました」

「……ふむ」

重ねて言われた柳生宗矩が思案に入った。

「いざとなれば佐夜を捕まえずともよいのでございまする。連れの女の正体が知れる
だけでも利にはなりましょう」

「たしかにな」

主膳宗冬の考えを柳生宗矩が認めた。

「……やってみるか」

柳生宗矩がその案を呑《の》んだ。

忍にとって、商家に忍びこむなど朝飯前であった。

いかに繁華な日本橋《にほんばし》とはいえ、日が暮れれば人気《ひとけ》はなくなる。

しばらく様子を窺《うかが》っていた柳生家の伊賀者が、駿河屋の塀を乗り越えて庭へと入った。

「…………」

「……盗賊除《よ》けか」

そのまま床下へ入った伊賀者を鉄柵が邪魔した。

ちょっと金のある商家は、盗賊が入りこみにくいように、床下、天井裏に鉄の柵を設けていることが多かった。

「面倒だが、このくらい……」

盗賊はときをかけるのを嫌がった。手間取れば、見つかる可能性があがる。

もっとも伊賀者にとってそのていどは問題にならなかった。見つかるような失敗はしないし、忍びこんで三日や四日潜むことはままある。

「…………」

鉄柵の切断にはときがかかる。だが、その鉄柵を止めている漆喰《しっくい》はそこまで堅いわけではない。漆喰を刃先でえぐれば、少しの手間で鉄棒は抜ける。後は、それを繰り返して、通れるだけの隙間を生み出すだけであった。

「……これは」

夕餉《ゆうげ》を終えて部屋でくつろいでいた佐夜が目つきを鋭いものにした。

「どうしたん」

「静かに」

首をかしげた永和《とわ》を小声で制した佐夜が、耳を畳にあてた。

「鼠《ねずみ》……」

永和が嫌そうに身を震わせた。

「静かに」

「ごめん」

二度注意された永和が小さくなった。

「……来たか」

少しして佐夜が起きあがった。

「…………」

永和が無言で説明を求めた。

「声を出されぬように」

小声で佐夜が永和に釘《くぎ》を刺した。

「わかった」

永和が首肯《しゅこう》した。

「床下から、何者かが侵入して参りました」

「柳生はんの」

すぐに永和が思い当たった。

「おそらく」

「ここにいるとなんでばれたん」

永和が首をかしげた。

「昨日、後を付けられたのかも知れませぬ。うっとうしい男どものせいで周囲への警戒がおろそかになってしまったのでしょう。恥じ入ります」

「佐夜はんのせいやないし」

悔やむ佐夜に永和が手を振った。

「最初は屋敷へ乗りこむ気満々やったし。一夜《かずや》はんの許嫁《いいなずけ》やと言うて」

「……国元から出てきた知り合いという話だったはずでは」

抜け駆けをしようとした永和を佐夜がにらんだ。

「早い者《もん》勝ちや」

永和がそっぽを向いた。

「そうですか。早い者勝ちですか」

佐夜が低い声で言った。

「あかんで、初夜まできれいな身体《からだ》でおらんと」

何をしでかす気だと永和が釘を刺した。

「……見破られましたか」

釘を気にせず、佐夜が目つきを険しくした。

「なにをしに来たんやろ」

「わたくしと永和さまの捕縛ができればなにより。次が、わたくしだけでも連れていければ。最悪でも永和さまの正体を知る」

「連れていかれんのは勘弁やな」

永和が緩い雰囲気を消した。

かつて信濃屋《しなのや》の身代を狙った連中に永和たち姉妹は襲われた経験があった。幸い、信濃屋の迎えが間に合ったおかげで無事にすんだが、そのときの恐怖は忘れられない。

「……落ち着いておられますね」

「一度掠《さら》われかけたから」

意外だと言った佐夜に永和が答えた。

「最初は聞き耳を立てて様子を窺うはずです。そこから……」

「わたしの正体を探ると」

佐夜の後を永和が奪った。

「ほしたら、適当な話をしているほうがええか」

「できればそれがいいのですが……」

永和の考えに佐夜が同意しつつ、近づいて手を握った。

「……大丈夫そうですね」

佐夜が永和の脈を確認した。

「一夜はんを支えると決めたんや、このていど、どうということはないで」

永和が胸を張った。

二

伊賀者は奥へと目を付けていた。女ならば男の奉公人がいる表には置けない。なにせ手代も番頭もそのほとんどが若い男なのだ。駿河屋は風紀に厳しいので、あまり馬鹿なまねをする者はいないが、それでも女中のもとへ夜這《よば》いをかける男は出てくる。

「身元引受人を呼びなさい」

若い男と若い女、いたしかたのないことだが、これを許すわけにはいかなかった。一度でもそういう仲になってしまうと、歯止めが利かなくなる。仕事の最中に蔵のなかで逢《あ》い引《び》きをする、少しの隙間でも狙って顔を合わそうとする。どうしても奉公がおろそかになる。

そして女は受け身、いつか妊娠することもある。

「駿河屋さんの手代と女中が……」

「奉公人も扱えないようでは、品物の質も知れましょう」

こうなると隠すことは難しくなり、店の評判が墜《お》ちた。

店の主《あるじ》は、なによりも評判、信用を守らなければならない。

だからこそ一度の過ちでも、親元や身元引き受けになっている者を呼び出して、辞めさせる。

ましてや、駿河屋総衛門《そうえもん》には祥《さち》という一人娘が居る。娘に手出しをされてはたまったものではない。

駿河屋は表と奥の区別が厳しく、一つの建物でありながらしっかりと区分けがなされていた。

「……これは女中部屋か」

朝の早い女中は、飯と風呂をすませればすぐに寝てしまう。

懐から出した竹筒を床板に押しつけて耳をあてがった伊賀者が、静かな部屋をそう判断した。

「一番奥は娘の部屋だろう。となると……」

伊賀者は女中部屋の次に佐夜たちが使っている客間へと近づいた。

忍の使う道具である竹筒は、一尺（約三十センチメートル）ほどの竹の節を抜き、片方を床板や壁に当て反対側に耳を添えてなかの音を聴くもので、他の音が入りにくいため集中できた。

「…………」

床板に伊賀者が竹筒を押しつけた。

「明日はどうする。浅草寺《せんそうじ》はんには行ったし……」

「江戸見物となれば、やはりお城は外せないかと」

永和と佐夜の会話が聞こえてきた。

「お城かあ」

「気乗りしませんか」

不満そうな永和に佐夜が問うた。

「お城はどこにでもあるやろ。大坂城は毎日見てるし、二条《にじょう》のお城も何度か見たことあるしなあ」

「建物を見るだけではありませんよ」

佐夜が笑いを含んだ声で続けた。

「大坂の城も立派ですが、江戸のお城は規模が違います。それに江戸城は登城行列が見られます」

「登城行列……」

永和が怪訝《けげん》な顔をした。

「江戸に在府しているお大名方が行列を仕立てて、江戸城の大手《おお》《て》門へ向かわれるのです」

「……江戸中の」

「はい。百をこえる行列がお城を目指すさまは、圧巻ですよ」

「それはなんとしても見なければ」

佐夜の説明に永和が身を乗り出した。

「明日それで」

「……明日は十四日ですから、行列はありません。次は十五日になります」

「明後日《あさって》かあ」

残念そうな声を永和が出した。

「それと登城行列の見物は、朝早くに出かけなければいい場所で見られません。多くの人が集まりますから」

「夜明け前に出るん」

「そこまで早くはないですが、日が昇ってすぐくらいには出たほうがいいと思います」

佐夜が述べた。

「早いなあ」

大きく永和が嘆息した。

「明々後日《しあさって》には江戸を出るのですし、明日は無理せず、一日おとなしくしておきましょう。用意もしなければなりませんから」

「そうやなあ。洗濯ものも片付けんとあかんしな」

永和がうなずいた。

「…………」

そこまで聞いた伊賀者が、音を立てないように床下を這い出た。

「お報《しら》せせねば」

伊賀者は佐夜と永和に手出しするよりも、この話を持ち帰るべきだと判断した。

「……気配が消えました」

少し話を続けた佐夜が肩の力を抜いた。

「そうかあ」

足を崩すように永和が腰を落とした。

「お見事でした」

「女やからな。罪のない嘘《うそ》は得意」

力なく笑いながら、永和が自慢した。

「将来永和さまの旦那さまになられるお方さまが、かわいそうです」

「大丈夫や。一夜《かずや》はんは、これくらい笑ってごまかされてくれるわ」

「嘘とばれていては、意味がないのでは」

「そこは、男女の機微」

「うふふふ」

「あはっ」

二人が顔を見合わせて笑った。

「手形を受け取り次第、旅立ちましょう」

「江戸城へ行くと思いこんでいる連中は待ちぼうけ」

今度は声を出さずに二人が笑った。

いかに剣客とはいえ、柳生宗矩も夜には寝る。

「……殿」

「左馬《さま》か」

声をかけられた瞬間、夜具に入れていた脇差《わきざし》の柄《つか》に手をかけながら、柳生宗矩が確認した。

「はい」

「入れ」

まだ柄に手をかけたまま、柳生宗矩が許可を出した。

「ご免」

すっと襖《ふすま》を開けて、左馬と呼ばれた伊賀者が襖際に平伏した。

「佐夜はどうした。捕まえたのか」

「いいえ。少しお報せせねばならぬことがあり、戻って参りましてございまする」

問うた柳生宗矩に左馬が頭を下げたまま告げた。

「報せたいこと……申せ」

「さきほど……」

促された左馬が二人の会話を柳生宗矩に語った。

「明後日、行列見物か」

柳生宗矩が考えこんだ。

「夜明けすぐに出るようなことも口にしておりました」

「行列を見るならば、大手門近くの辻《つじ》がよいのはたしかだ。当然、場所取りはせねばならぬ」

付け足した左馬に柳生宗矩が納得した。

「当家も登城を……」

「月次《つきなみ》登城じゃ。病《やまい》でもない限り、登城はせねばならぬ」

登城しなくてもいいと言われているのは剣術指南役としてのことであり、大名の柳生家とは別である。

「そのときに取り押さえるというのは」

「あたりに諸家の行列がひしめいている大手前で、そのようなまねなどできるわけなかろうが」

「欠け落ち者を見つけたとでも」

「家中《かちゅう》の恥を晒《さら》す気か」

　案を提示した左馬を柳生宗矩が叱った。

　欠け落ち者とは、家臣が奉公を投げ出していなくなることであった。金、女など個人の理由がほとんどだが、なかには主君とぶつかった場合もあった。

「仕えるに値しない」

　これは主君が家臣から見限られたとの証《あかし》になる。言うまでもなく、これほど主君の顔に泥を塗る行為はなく、

「家臣に逃げられたそうじゃ」

「慈しみが足りぬのではないか」

　たちまち悪評として天下に広まってしまう。

「ご無礼をお許しくださいませ」

　左馬が頭を畳にこすりつけて平伏した。

「……二度はないぞ」

　今回は許すと柳生宗矩が手を振った。

「行列の人数は減らせぬ」

登城行列にも人数が定められていた。

これは参勤交代とは別であった。なにせ江戸中の大名が一気に集まってくるのだ。すべてが大手門ではなく、一部は内桜田《うちさくらだ》門も利用するが、それでも刻限は同じであるため、大混雑になる。

そもそも登城は義務であるが、仰々しく行列を仕立ててこいと幕府は命じていない。つまり登城行列は大名の見栄《みえ》であった。

「昨今、登城の際の供を多く引き連れて参るが、不意のことも起こりかねぬ。さらに世間の者たちの阻害にもなっているやに聞く。無駄な供は取りやめるよう」

幕府は何度も登城行列の縮小を命じているが、具体的な割合とか、期日を定めていないため、その効力はあまりない。

「当家が先じゃ」

「そちらとは家格が違う。遠慮いたせ」

混雑すると辻でかち合うことも出てくる。

「無礼なっ」

「受けて立つ」

実際、刃傷沙汰《にんじょうざた》になったこともあった。

それが原因なのか、幕府を慮《おもんぱか》ったのかは知れないが、登城行列はかなり規模を小さくしていた。加賀《かが》の前田《まえだ》家でも百人ほどでしかなく、広島浅野《ひろしまあさの》家が八十人、一万石だと十人出すかどうかであった。

百人から五人ほど抜いても気づかれないが、十人から四人減らせば目立つ。

「月次じゃ、書院番の主膳もお役目がある」

書院番は将軍の外出の供をするだけでなく、江戸城諸門の警衛も担っている。月次の日は非番ではなかった。

もともと家中の数が少ない柳生家に人員の余裕はなかった。

「雇い入れては」

「日雇いか」

左馬の言葉に柳生宗矩が腕を組んだ。

「一日であれば、足軽身分で一人一分《ぶ》も出せば、喜んで人は集まるかと」

「三人で三分、四人で一両……」

柳生宗矩が考えた。

どこの大名も戦《いくさ》がなくなって、人余りになっている。

「跡目がおらぬ」

「幼すぎてお役には立たぬ」

幕府と同じような理由で諸藩も家臣を減らしている。

結果、家格を見せつけなければならないときなどに人手不足になることもある。そこで要りようなときだけ、要りような人数を日払いで雇い入れるようになっていた。

「お任せを」

その人材を大名に代わって斡旋《あっせん》する口入れ屋も出てきている。

日払いとしては、相場の数倍払っても、家臣を代々抱えるよりははるかに安い。さすがに大大名は人が足りているので使わないが、数万石ていどの大名はかなり利用していた。

「松木《まつき》に手配をさせる」

江戸家老の名前を出して、柳生宗矩はその案を採用した。

「三人でいけるか」

「女二人を押さえるくらいは、二人でも十分かと」

左馬が自信を見せた。

「……いや、念のために三人でいけ」

「はっ」

主君の指示は絶対である。左馬が首肯した。

「誰を連れていくかは、お任せいただいても」

「かまわぬ。その代わり、かならず生きたままで佐夜ともう一人の女を連れて参れ」

「承知」

左馬が柳生宗矩の厳命を受けた。

三

一夜は、三島《みしま》宿でもゆっくりはできなかった。

「行くぞ」

「……峠越えは昨日でっせ」

夜明けとともに旅支度をすませた十兵衛《じゅうべえ》三厳《みつよし》に起こされた一夜が文句を口にした。

「おまえの足が遅いからだ。少しでも早く動かねば、また夜旅になるぞ」

「………」

十兵衛三厳はやる。

一夜はあきらめて夜具から身を起こした。

足を前に出さなければ、旅は終わらない。一夜もそれはわかっている。

「要らぬ口を開くな。疲れるぞ」

「わかってるわ」

釘を刺された一夜は、うなずくしかなかった。

「身体を揺らすな。揺らせばもとに戻さねばならぬ。その分体力を使う」

「歩幅を何度も変えるな。できるだけ同じ歩幅を維持しろ。膝や股間に疲労が溜《た》まる」

後ろに付いた十兵衛三厳が一夜に細かい指導を飛ばす。

「………」

うるさいと思っても言い返せば、手痛い反論が襲い来る。なにせ、十兵衛三厳の言っていることは正しいのだ。

「修行として歩くことは最適である」

「たしかに。歩けば馬に乗るより安上がりや」

一夜が皮肉をこめて返した。

「…………」

今度は十兵衛三厳が黙った。

「……やってもうたか」

十兵衛三厳を怒らせたかと、一夜が恐る恐る振り向いた。

「剣術はなにも人を殺すためだけにあるわけではない」

一夜がこちらを向くのを待っていたかのように、十兵衛三厳が口を開いた。

「商いの役に立つでっしゃろ。柳生の郷《さと》で最初に聞かされましたで」

一夜がため息を吐《つ》いた。

敵と対峙《たいじ》するとき、相手がどこを狙っているか、いつ動くかなどを見抜ければ、状況は一気に有利になる。そのための修行を剣術は積む。

そして、それは商いにも通じた。

どの商品を見ているか、本当は欲しいのに値切るために関心がない振りをしているとか、こちらを欺《だま》して偽物を売りつけようとしているとか、そういったこともすべて表情や全身の筋の動き、汗の出方でわかる。

「それくらいできんで、唐物《からもの》問屋はできまへんわ」

唐物の値打ちは、欲しい者がいるか、いないかで変わる。また、偽物も多い。まちがえれば、一度の取引で店が潰《つぶ》れる。唐物問屋というのは、そういった商売であった。

「……わかっていればいい」

気まずそうに十兵衛三厳が横を向いた。

佐夜たちの対応を配下に預けた柳生宗矩は、会津《あいづ》藩加藤《かとう》家への策略を始めた。

「要は先代からの重臣堀主水《ほりもんど》だな」

柳生宗矩が標的を決めた。

堀主水は本姓を多賀井《たがい》といい、和泉《いずみ》国淡輪庄《たんのわしよう》の国人の流れを汲《く》んでいる。当初、織《お》田信長《だのぶなが》に従い、本能寺《ほんのうじ》の変以降賤《しず》ヶ岳《たけ》七本槍《やり》の一人であった加藤嘉明《よしあき》に仕えた。名前を変えたのは、大坂の陣で豊臣《とよとみ》方の武将と戦ったとき、取っ組み合いのまま堀に落ちたが、相手を放すことなく討ち果たした功績で、主君から堀の名乗りを許されたことによる。

それだけならば戦国の夜話の主人公として、名を残すだけで終わった。

武にも優れていた堀主水は、内政、外交でも手腕を発揮した。

「後を頼む」

関ヶ原の合戦で家康に与《くみ》した加藤嘉明は伊予松山《いよまつやま》二十万石の大名になっただけでなく、徳川幕府黎明期《れいめいき》に功績を重ね、ついに会津四十三万五千五百石にまで出世した。その加藤嘉明が病に倒れ、息子明成《あきなり》に家督を譲った。そして死の床に臥《ふ》したとき、加藤嘉明は堀主水を呼んで、息子と会津藩の明日を託した。

「うるさい爺《じじい》だ」

大名だけでなく商家でもそうだが、創始の功臣というのは二代目にとって煙《けむ》たいものである。

「そのようなことはよろしくございませぬ」

「先代さまならば、このようになさいましょう」

「お父上さまから、若さまのことをくれぐれもと言われておりまする」

父親と比べる、頭から押さえつけようとする。

「ええい、うるさい」

そう言いたくても、重臣を頭ごなしに怒鳴りつけることはなかなかできない。気に入らぬというだけで排除してしまえば、狭量と思われる。

「そなたを家老にいたす」

そうなると息子が執る手段は決まっている。

己の命《めい》に諾としか返さない寵臣《ちょうしん》を作り、その者に藩政を預ける。そう、先代の臣との間の壁を作るのだ。

言うまでもなく、その寵臣は堀主水と対決することになる。

「主君の寵をよいことに」

「古い考えでは泰平の世は渡れませぬ」

新旧の執政《しっせい》、それぞれに与する者が出てくる。

「後一押しで加藤家は割れるな」

堀主水もそうだが、まだ戦場を経験した者はいる。命を懸けて戦場を生きた者たちは、主君でも気に入らなければ見捨てる。

天下の豪傑と言われた後藤又兵衛基次《ごとうまたべえもとつぐ》がそのいい例である。九州福岡の黒田家《くろだ》で一城を預けられていた後藤又兵衛は二代目当主黒田長政《ながまさ》と反りが合わず、城と領地を返上して退身した。その後紆余曲折《うよきょくせつ》あった結果、後藤又兵衛は大坂の陣で豊臣方に参加、天下の兵を相手に奮戦したが討ち死にしている。

「仕えるに値せぬ」

状況は欠け落ちに等しいが、堂々と一族家臣を率いての決別は、たちまち世間に広まる。それをされた藩主の面目は、欠け落ちとは比べものにならないほど潰された。

「……白鳥屋《しらとりや》の山家《やまが》へ、これを」

少し考えた柳生宗矩が、会津城下へ忍ばせてある配下の伊賀者へ書状を認《したた》め、小者《こもの》へ渡した。

「お預かりを」

小者が書状と旅費を受け取って下がった。

江戸から会津までは、およそ六十里（約二百四十キロメートル）ある。片道だけで五日から六日かかる。

書状の中身は万一他人に読まれても大丈夫なように隠語で書かれているが、他人に託すわけにはいかなかった。金さえ出せば、会津まで書状を運んでくれる者もいるし、礼金ていどですますつもりならば会津藩と付き合いのある商家に預ければいい。

ただ、どちらも確実とは言えなかった。

金で頼んだ奴《やつ》は、届けずにどこかへ雲隠れすることがあり、商家の荷と共に運ばせた場合、紛失、汚損することがあった。

忍ばせていた者へ、動けと指示する大切な書状である。家中の者に託すのが確実であった。なにせ、家光《いえみつ》の指図をこなせなければ、柳生家に災難が降りかかる。

「……ふう」

他人がいない場だからこそ、気が抜ける。

柳生宗矩が大きく息を吐いた。

「明々後日であったな……」

ふと佐夜のことを思いだした柳生宗矩が、表情を変えた。

「左馬、左馬はどこにおる」

自ら襖を開けて柳生宗矩が声を発した。

「……お呼びで」

すぐに左馬が駆けつけてきた。すでに役目を果たして長屋へ帰っていたのか、袴《はかま》を身につけていない。

武士は他人と会うときには袴を着けるのが習慣であった。まして主君の呼び出しとあれば、身形《みなり》を整えるのが礼儀であり、できていなければ咎めを受ける。

「いざというとき身形を気にしていては後《おく》れを取る」

剣術を生業《なりわい》としている柳生家ではその礼儀は普段だけで、急な場合は褌《ふんどし》一つでもただちに駆けつけるべしとされていた。

左馬はそれに従ったのである。

「今、佐夜の見張りはどうなっている」

立ったままで柳生宗矩が訊《き》いた。

「明々後日ということでしたので、外しておりまする」

「たわけがっ。目を離している間に逃げ出されたらどうする」

「登城行列の見物……」

「それまでに出歩くかも知れぬだろうが」

慌てることはないのではと言いかけた左馬を柳生宗矩が叱りつけた。

「申しわけございませぬ」

そう言われては言い返せない。

左馬が頭を畳にこすりつけた。

「行けっ。すぐに」

「はっ」

厳しく命じられた左馬が飛び出した。

休む間も与えられず、左馬は駿河屋の見張りを再開した。

「……出てこぬ」

一人では見張れる範囲には限界がある。

「もう一度床下に入るしかない」

左馬は床下へと入った。

「……なっ。もう、鉄柵が直されている」

入った途端に左馬の前に、外したはずの鉄柵があった。

「ばれていた。ということは……登城行列見物も」

左馬が気づいた。

「お報せを」

急いで左馬が床下から脱した。

「……くっ」

まだ体勢が整う前の左馬に手裏剣が飛んできた。

「どこだっ」

左馬が忍刀を構えた。

「夜這いはお断りしております」

佐夜が塀の上に立っていた。

「最初から……」

「鉄柵を外す音で気づきました」

「ちっ」

左馬が舌打ちをした。

「まったく、店が盗賊除けにしているものを壊すとはなってません」

「……盗賊除けだから修復したのか」

「当たり前でしょう。そのままにしておいて盗賊に入られたら、世話になっているわたくしたちの立場がなくなりまする」

言いながら、佐夜が手裏剣を放った。

「……甘い」

角度を変えて飛んできた二本の手裏剣を左馬が刀で払った。

「舐《な》めるな、女忍《くのいち》ごときにやられるわけないわ」

「庭を汚したくはなかったのだが」

佐夜が塀の上から左馬へ向かって飛び降りた。

「ふん」

左馬が応じて忍刀を振った。

「…………」

それに刃《やいば》を合わせた佐夜が、受けた衝撃を緩和するために後ろへ跳んだ。

「そうくると思ったわ」

躊躇《ちゆうちよ》なく、左馬が追撃を加えた。

「…………」

受けずに佐夜が逃げた。

「おうっ」

二度ほど追ったところで、左馬が足を止めた。

「ちいっ」

佐夜が苦い顔をした。

「女忍の浅知恵だな。こんなところに罠《わな》か」

左馬が忍刀で庭木の間に張り巡らされていた黒い糸を切った。その直後上から小刀が落ちてきた。

「引っかければ上から刃物か……罠にはめたいならば、逃げる姿勢は毎回変えることだ。同じ幅を繰り返しては余裕があるといっているようなもの」

左馬が佐夜から目を離さずに言った。

「そうか」

佐夜が構えを下段に変え、身を低くした。

「覚悟が決まったようだな。どうだ、今から殿にお詫びをせぬか。淡海《おうみ》の居場所を知っておるのだろう」

左馬が降伏を勧めた。

「無駄話はそれだけか」

佐夜が勧誘を蹴った。

「若い身空を哀れんでやったというに。やむを得ぬ」

合わせて左馬が踏み出した。

「えっ」

一歩目の手応えがなかった左馬が、妙な声を出した。

「単純な罠にはまってくれた。足下がおろそかになったな」

佐夜が落とし穴というほどではない段差にはまった左馬へ手裏剣を喰《く》らわせた。

「ぐうう」

重心が狂った左馬の目に棒手裏剣が突き刺さった。

「罠が一つだと思ったのがしくじりだったな」

佐夜が死んだ左馬を見下ろした。

「さて……こんなところに転がしていては迷惑」

左馬の身体をまさぐった佐夜が、刀、手裏剣などを取りあげた。

「……重い」

佐夜が文句を言いながら左馬を担いだ。

「猫や犬と違って、そのへんに捨てるわけにはいかぬ」

人の死体は大きい。後のことを考えなくていいのならばともかく、身元が知られたり殺されたことが知られたりすると都合の悪いときには隠さなければならない。

「お困りのようでございますな」

「駿河屋さま」

「やはりお気づきでしたか」

「先ほど、勝手戸の開く音が聞こえましたので」

「さすがでございますな。もう勝手戸がきしむ音色を覚えられている」

駿河屋総衛門《そうえもん》が感心した。

「いえ、駿河屋さまこそ。音をさせないようにしていたつもりでございましたのに」

佐夜が首を横に振った。

「鉄柵の修理をと言われましたからな」

「申しわけございませぬ」

死体を担いだままで佐夜が詫びた。

「あなたさまが謝られることではありませんよ。どうせ淡海さまのかかわりでございましょう」

駿河屋総衛門が手を振った。

「一夜さまの……」

「但馬守《たじまのかみ》さまからすると、わたくしも淡海さまの一味だそうですから」

小さく駿河屋総衛門が嘆息した。

「その荷物は人知れず片付けておきましょう」

駿河屋総衛門が佐夜を見つめた。

「お願いできまするか」

遠慮するより、任せたほうがいいと佐夜が判断した。

「遠慮は無用。淡海さまとは一蓮托生《いちれんたくしょう》でございますので」

「…………」

肚《はら》の底を見せた駿河屋総衛門に、佐夜が言葉を失った。

四

左馬の死亡は気づかれなかった。

人手不足で交代要員が居なかったというのもあるし、命令を下した柳生宗矩が会津のことで呻吟《しんぎん》していたのも要因であった。

「お世話になりました」

「いろいろとお手を煩わせました」

翌日、手形が届くなり永和と佐夜は、駿河屋総衛門に感謝の意を伝えて江戸を離れた。

そして、月次登城の朝、左馬に声をかけられていた二人の伊賀者が、夜明け前に駿河屋の前に着いた。

「左馬は……」

「見当たらぬの」

二人の伊賀者が顔を見合わせた。

「なかへ忍んでいるのではないか」

「なるほど。音が聞こえるのは確かに大きい」

伊賀者たちが納得した。

しかし、夜が明けても、駿河屋の店が開いても左馬は現れなかった。

「おかしい」

一人の伊賀者の目つきが険しくなった。

「見張ってくれ。なかへ入る」

もう一人が猿のように軽々と塀を乗り越えた。

「……行くぞ」

しばらくして戻ってきた伊賀者の表情は硬かった。

「高麗蔵《こまぞう》、なにがあった」

駿河屋から離れたところで、見張っていた伊賀者が忍びこんだ伊賀者に問うた。

「血の跡があった」

「……まことか」

見張っていた伊賀者が驚いた。

「わずかだったが、庭木に血が飛んでいた。完全に乾いていたゆえ、今朝ではない。少なくとも昨日」

「争った跡は」

高麗蔵の話に見張っていた伊賀者が訊いた。

「庭掃除に小僧が出てきたので、そこまで調べる余裕はなかった」

「……待て」

屋敷へ帰る方向に早足で進んでいた見張りをしていた伊賀者が止まった。

「どうした葉太郎《ようたろう》」

高麗蔵が首をかしげた。

「我らが来るより先に女どもが店を出たということはないか」

「それを左馬が追った……あり得るな」

「合い印があったのやも知れぬ」

葉太郎と呼ばれた伊賀者が告げた。

合い印とは忍が使う符牒《ふちょう》のようなものだ。地面に置いた石の位置や数、街路樹の幹に彫った筋など、印を知らない者にとってはまったくわけのわからないものだが、仲間から見れば、どれくらい前か、どちらへ向かったかなどがわかる。

「今から戻っても殿はお留守じゃ」

総登城で江戸城へあがっている。江戸城には伊賀者、甲賀者《こうかもの》の結界が張られており、見つからずに柳生宗矩に近づくことは無理であった。

「お戻りは昼……よし、探すぞ」

もう一度駿河屋の前に戻った二人が、辻角などを丹念に調べた。

「あったか」

「いいや」

一刻（約二時間）ほどかけて、確認したがなにも見つからなかった。

「戻るぞ」

高麗蔵が背を向けた。

総登城でも十五日はなにがあるわけではなかった。大広間に諸大名が居並び、将軍へ謁見するのは、基本二十八日の月次登城のときと決められている。

「……………」

月次登城はすることもない。厠《かわや》に立つのも遠慮しなければならなかった。

なにせ普段より百人以上多くの大名が江戸城に集まっているのだ。普段はがらがらな詰め間は、肩衣《かたぎぬ》などの式服を着けているため、身じろぎするだけで隣と触れあうほど混雑しているし、厠も順番待ちができるほど一杯である。

「先にいかせてもらう」

「お気遣いなく」

どれだけ待っていようとも、格上の大名がくれば順番を譲らなければならなかった。廊下でも同じである。上位の大名が向こうから来れば、端へ寄ってやり過ごさなければならない。さすがに詰め間が遠いため、まずないが廊下で御三家と行き交うようなことがあれば、端によるだけではなく平伏して恐懼《きょうく》して見せなければならないのだ。とくに大名になったばかり、それも一万石という小名の柳生家など、同じ詰め間でなければ、頭を上げることさえできない。

柳生だけではないが、大名とは名ばかりの者は、朝から水気を取らないようにしているほどであった。

「では、お先に」

下城時刻になっても、先達、格上から席を立つ。

「ごめん」

これだけは柳生も早い。将軍家剣術指南役という役目は、直接将軍と相対する名誉なものとして尊敬されているからであった。

月次登城とはいえ、大手門の外に行列がひしめいているというわけではない。

「和泉守《いずみのかみ》さまのご家中」

「右京大夫《うきようたいぶ》さまのお供衆」

大手門の内側に立っている甲賀者が、城から出てくる大名を確認して家臣を呼ぶ。それに応じて大手前広場から少し離れていたところで待っていた行列が出迎えに動き出す。

これが江戸城の下乗門奥まで何人もの家臣を連れていける格式の大名だと、主君が登城している間玄関近くで待機している供が先触れに走る。

一応、一万石ながら将軍家剣術指南役でもある柳生家には待機の家臣がいた。

「帰るぞ」

「はっ」

言われた家臣が、早足で行列とは名ばかりの家臣団を呼びに行った。

「御駕籠《おかご》へ」

大名だからと騎乗だとか、近いから歩きでというのはない。

塗りの駕籠が柳生宗矩を乗せた。

「殿」

動き出してしばらくしたところで、柳生宗矩に家臣が声をかけた。

「待て、日雇いの者を外してからにせよ」

本日は普段と違い、三人の日雇い従者が行列に参加している。

「次の辻を曲がったところで、放て」

日雇いを使っているというのも恥になる。江戸城前に集まっている大名行列の者たちから見えなくなるまでと、柳生宗矩が指図をした。

「……ご苦労であった。もうよい。金は口入れ屋から受け取れ」

辻を曲がって少し行ったところで、供の家臣が日雇いの者たちに告げた。

「……まだなにか」

それでも離れていこうとしない日雇い者たちに家臣が怪訝な顔をした。

「あのう、心付けを」

日雇い者の一人が追従《ついしょう》するような笑みを浮かべながら、手を出した。

「心付けだと。行列と一緒に歩いただけではないか。そのようなものは出さぬ」

家臣が首を横に振った。

「……行くかあ」

「はあ」

「どこでも小粒の一つくらいはくれるのになあ」

文句を言いながら、三人の日雇い者たちが去っていった。

「……無礼な」

家臣が刀の柄に手をかけた。

「放っておけ。今はそれどころではない」

駕籠のなかで様子を聞いていた柳生宗矩が制した。

「はっ」

家臣が柄から手を離した。

「それよりも話があるのだろう。佐夜のことか」

柳生宗矩が推測を口にした。

「高麗蔵、報告を」

「はっ」

家臣に促された高麗蔵が、目を伏せたまま駕籠へ近づいた。

「申せ」

「今朝……」

柳生宗矩の言葉に従って、高麗蔵が経緯を語った。

「女どもの姿はなく、左馬の行方が知れぬ。さらに駿河屋の庭に血の跡か」

聞いた柳生宗矩が確認した。

「周囲も調べましたが、合い印もなく」

「左馬の死体は見つからなかったのだな」

「はい」

うなだれたまま高麗蔵が首を上下させた。

「駿河屋のなかも調べたのだろうな」

「奉公人が庭掃除に出て参りましたので、子細とまでは……」

高麗蔵が申しわけなさそうに答えた。

「見た範囲ではなかったのだな」

「床下と庭に掘り返した跡がないかくらいですが」

念を押した柳生宗矩に高麗蔵が告げた。

「ならば駿河屋にはないな」

柳生宗矩が言った。

「駕籠を出せ。いつまでも止まっているわけにはいかぬ。黒鍬《くろくわ》が不審がる」

「はっ。お発《た》ちじゃ」

家臣が陸尺《ろくしやく》たちに命じた。

黒鍬とは幕府の中間《ちゆうげん》とも言われる黒鍬衆のことである。もともとは鉱山の開発や、戦場での陣地構築、敵城の破壊などをしていた。これが泰平でその多くの役目を失い、代わって江戸市中の街道、辻の整備を任じられた。

そこから、登城下城の行列を差配するようになった。

「待たれよ」

「お先に進まれよ」

黒鍬者は武士でさえないが、幕府から行列に指示を出す権限を与えられている。また、黒鍬者は目付の配下でもあり、従わなければ言いつけられる。

行列側は従わざるを得ない。

「合い印を残す間もないということはないか」

「一呼吸もかかりませぬ」

非常に簡単なものなのだ。合い印を残している間に敵を逃してしまうようなことはないと高麗蔵が述べた。

「討たれたな」

柳生宗矩が左馬の死亡を受け入れた。

「隼《はやぶさ》を使える者を一人用意いたせ」

「それならば葉太郎をお使いくださいませ」

高麗蔵が推挙した。伊賀者のなかには動物を操る者もおり、隼は小さいものしか運べないが、江戸と伊賀を一日で飛んだ。

「よし。ならば葉太郎に命じ、隼を伊賀へ向かわせよ。用件は二つ。一つ目は、江戸へ三人出せと伝えよ」

「はっ」

「もう一つ、佐夜と一夜を捕らえるように命じよ。決して大坂へ帰すな」

「……十兵衛さまは」

すでに一夜と十兵衛三厳が行動を共にしていることは、皆に知られている。

「刃向かうようならば……多少のことは許す」

柳生宗矩は決断を下さなかった。

家光の出した二度目の使者は、供を騎乗の家臣だけに限定して急いでいた。

「公方《くぼう》さまは焦《じ》れておられる」

堀田加賀守《ほったかがのかみ》からこの一言を聞かされた使者番は顔色《がんしょく》をなくした。

使者番は無事に務めて番方は出世の階段に足を踏み出せる。使者番の数は多い。そのなかから選ばれるだけでも至難の業なのだ。成功して当たり前、しくじれば二度と浮かびあがることはない。

「遅かったの」

無事に役目を果たしても、復命のおりに将軍からそう言われれば、任は失敗になる。

それがたとえ、大井川《おおいがわ》の川止め、街道の山崩れなどであっても、それをかならず将軍が勘案してくれるとは限らない。

ましてや家光は短気で知られている。さらに信用できる寵臣以外に慈悲はもっていない。

「十日かからずに帰府すれば、お気にいられるであろう」

役という名の厄に愕然《がくぜん》としていた使者番に、堀田加賀守が餌を見せた。

「素早くお役目を果たせる者は御上《おかみ》にとっても貴重である。そういう気働きのできる者こそ、公方さまの御側《おそば》にあるべきではないか」

堀田加賀守が小姓番への出世をちらつかせた。

「ただちに」

新たな使者番がやる気になった。

江戸から大和《やまと》まで、歩けば早くて六日から七日で着く。それを宿場宿場で馬を替えて、朝から晩まで走り続けると三日から四日ですむ。

そして役目は一刻（約二時間）もあればすむ。

「おくつろぎを」

使者番を迎えた家では、酒宴や宿泊の用意をするが、これは慶事を伝えられたときだけで、凶事の場合はそれどころではなくなるため、さっさと帰途に移れる。

今回も左門友矩《さもんとものり》にとって慶事であるが、当主の柳生宗矩には報せられていなかった。当然、宴《うたげ》の用意などされてはいない。

「復命をいたさねばならぬ」

この一言で使者番は江戸へ発つことができた。

「急げ」

使者番は立身と咎めの狭間《はざま》を必死で駆けた。

佐夜と永和は徒歩で東海道《とうかいどう》を上っていた。

「草鞋《わらじ》が痛い」

永和が泣きそうな顔をした。

「慣れるしかありません」

冷たく佐夜が切り捨てた。

「馬に乗ったらあかんの」

金なら十分に持ってきている。

江戸から京まで普通の旅人なら十日、一両あればいけるとされていた。もっともそれは健康な男の場合で、足弱《あしよわ》と言われる女子供が加わると日程は延びるし、費用も増えた。

「今はいいかもしれないけれど、馬のないところとかが出てきたとき、より辛《つら》くなる。なにより、馬は慣れてないと疲れる」

佐夜が述べた。

「……駕籠は」

「女二人旅で、どこの者ともわからない男が運ぶ駕籠に乗ると」

冷たい目で佐夜が永和を見た。

「その目つきは勘弁して」

永和が身をすくめた。

「文句を言う暇があったら、足を動かしたほうがいい」

「もう江戸からだいぶ離れたけど」

急《せ》かす佐夜に、永和が首をかしげた。

「あのままごまかせるはずはない。かならず柳生は我らの後を追ってくる」

「しつこいなあ」

佐夜の言葉に、永和が嫌そうな顔をした。

「しつこくなければ、剣術なんぞやるまい。修行とは、しつこい者だけが耐えられるもの」

永和に言い聞かせるように佐夜が述べた。

「逃げられるやろうか」

「無理だな。まちがいなく追っ手は伊賀者」

佐夜が首を横に振った。

「一日は先行しているんやろ」

「女の足の一日なんぞ、伊賀者にはないも同然」

希望にすがろうとした永和に佐夜が厳しい答えを返した。

「それにこちらは関所で止まらなければならぬ。伊賀者は関所などものの数ではない。とても女の足で逃げ切れない」

「…………」

永和の表情が硬くなった。

「一つだけ方法がある」

「方法……言うてみ」

指を一本立てた佐夜に、永和が氷のような声を出した。

「……二手に分かれる。女二人を目指している伊賀者を混乱させることができる」

「ふうん」

気圧《けお》された佐夜の言葉に、永和が笑った。

「で、あんたが囮《おとり》になる」

「どちらに伊賀者が襲いかかるかは運……」

「なあ、あたしを舐めてる」

永和が笑いを顔に張りつけたままで問うた。

「…………」

佐夜が黙った。

「あたし一人で大坂へ戻って、どんな顔でお爺《じい》はんに会えと。泣き顔で一夜はんに詫びろと」

「そういうつもりではない。これは冷静に考えて、最良と判断した結果である。吾《われ》一人ならば逃げられる」

「相手が一人である保証は」

「…………」

「一対一なら、佐夜はんのこっちゃ、どうにかするやろう。でも二人やったら、三人やったら」

口をつぐんだ佐夜に永和が指摘した。

「本音を言い。命を懸けるだけの本音を」

「…………」

永和の要求を佐夜が拒んだ。

「そうかあ。ほな、しゃあないな。あたしと一夜はんの間に女の子が生まれたら、佐夜と名付けて、猫かわいがりしてやるで。あたしのお乳に吸い付く佐夜、あたしの腕のなかで眠る佐夜。ああ、その前にあたしに下《しも》の世話をされる佐夜というのもあるで」

「地味な嫌がらせを」

永和に責められた佐夜が降参した。

「本音は、永和どのを助けて、一夜さまの気を惹《ひ》こうかと。ちょっと怪我《けが》でもしたら、あの一夜さまのこと。きっとわたくしを受け入れてくれましょう」

「うわっ、酷《ひど》い女や。一夜はんの罪の意識を揺さぶるか」

聞いた永和が引いた。

「勝負でございましょう。使えるものはなんでも使うのが勝ち筋」

「たしかにそうや」

永和が同意した。

「ええか、勝負は大坂や。揃《そろ》って帰るで。抜け駆けはなしや」

「ですね」

二人がうなずきあった。

第五章　奔炎

一

宮《みや》から船に乗って桑名《くわな》へ着き旅籠《はたご》に泊まった十兵衛三厳と一夜は海沿いを南下し、津《つ》から伊賀街道へと入った。

伊賀街道は藤堂高虎《とうどうたかとら》が津に封じられたとき、支城の上野城《うえの》へいたる道として整備した。東海道や伊勢《いせ》街道ほど道幅も広くはなく、利用する者も多くはない。

「人おらへんなあ」

十兵衛三厳の後をついていきながら、一夜は周囲を見ていた。

「落ち着かぬのう」

大きく十兵衛三厳が嘆息した。

「そう大きく左右に首を振ったり、気になったところを見つめたりしていては、隙だらけだぞ」

「隙……こんなところで襲われるとでも」

一夜が疑問を呈した。

「わかっているのか、ここは伊賀者の縄張りだぞ」

「それくらいは知ってるわ。伊賀街道を行くと兄はんが言うたやないか」

あきれた十兵衛三厳に一夜が言い返した。

「わかっていて、それか」

「そんなもん、初めて来る土地に比べたらたいしたことやない。初見の土地は宝の山やで」

一層強くあきれた十兵衛三厳に一夜が笑った。

「伊賀に唐物問屋が欲しがるほどのものがあるか」

十兵衛三厳が怪訝な顔をした。

伊賀は貧しい。貧しくなければ、忍などという日陰者で命の保証もないものを仕事にはしない。

そして生きていくだけで精一杯の土地に、茶器や絵画などへ割く余裕はなかった。

「名物の茶碗《ちゃわん》や、狩野《かのう》派の絵だけが値打ちもんやないねんで」

わからないかと、一夜が頭を横に振った。

「なにが値打ちなのだ」

「そうでんなあ。少したとえ話をしまひょうか」

問われた一夜が十兵衛三厳の右に並んだ。

「わかっておるの。武士の左手に並ぶのは礼儀に沿わぬ」

十兵衛三厳が満足そうに首肯した。

「違いますがな」

一夜が否定した。

「左手にいてたら、襲われたときに兄はんの動きが一歩遅れますやろ。右やったら、一歩後ろへ下がるだけで、抜き打ち……」

「こいつは……」

結局、自分のためで礼儀なんぞ知らないと述べた一夜に、十兵衛三厳は天を仰いだ。

「さっきの話に戻しますけどな、茶器というのは名のある人が、これはええというだけで成り立ってますねん」

「名のある人とは誰だ」

茶を点《た》てる間があるなら、稽古をする十兵衛三厳である。わからなくて当然であった。

「千宗易《せんのそうえき》、今井宗久《いまいそうきゅう》、村田珠光《むらたじゅこう》、織田有楽斎《うらくさい》……数えきれないほどいてますわな」

「聞いたことのある名前もあるな」

さすがの十兵衛三厳も聞き覚えがあった。

「まあ有名なお人ばっかりですわ。で、このうちのお一人でも、これはええと言い張ると、百文《もん》の茶碗が百両になりますねん」

「なんだそれは」

一夜の話に十兵衛三厳が驚いた。

「唐物というのは、そんなもんですねん。ほんまかどうかは知らんけど、数百両する唐物の茶碗は、安南《あんなん》とか明《みん》とかでは、民《たみ》が日用に使っている安茶碗やそうでっせ」

「……………」

十兵衛三厳が絶句した。

「といっても、船で運んでくるんでっさかいな、輸送の金と手間もかかるし、運んでいる間に割れたり、欠けたりもする。元値が百文のものでも、こちらに着いたときには五百文くらいにはなります」

「それでも五百文ではないか」

「残りの九十九両三分二朱が千宗易はんの名前」

一夜が説明した。

「……ふうむ」

少し十兵衛三厳が考えた。

「もうちょっと壮大な話をしまひょうか。茶碗などの茶道具の価値を撥《は》ね上げたんは、かの織田信長公」

「信長公がか」

出てきた名前に十兵衛三厳が驚愕《きょうがく》した。

「天下取りに邁進《まいしん》しはった信長公は、配下が手柄を立てるたびに領地や金銭を与えていては、自らが痩せ細るだけやと気づきはったんでしょうなあ。そこで茶の価値を上げた。茶会は信長公の許可がないと開けないようにし、格別なものとしたわけですわ。当然、茶会を開きたいと思いますわな。そこで許可を与える。そのときに、この茶碗は城一つの価値があるとか、国一つに値すると言って、下賜する。もらった方は感激しますし、信長公の腹は痛みまへん」

一夜が語った。

「なんと……」

十兵衛三厳がうなった。

「その話はよくわかった。人というのは他人の評価を気にするものだからな」

十兵衛三厳が続けた。

「で、それと伊賀でものを探すのがどう繋《つな》がる」

「もう、千宗易も織田有楽斎もいてまへんねんで」

訊いた十兵衛三厳に一夜がにやりと笑った。

「当たり前のことだろう。その人物たちが活躍したのは五十年から二十年も前だろう」

「ほな、今後は誰が唐物の値を決めますねん」

一夜が十兵衛三厳に尋ねた。

「今上《きんじよう》さまか、公方《くぼう》さまであろう」

「どうやって唐物をお渡ししますねん」

「献上すればいい」

重ねて問われた十兵衛三厳が答えた。

「献上したもんは返ってきませんで。値付けだけして返してもらわんと商いになりまへんがな」

「同じようなものを……」

「その腰のものでも同じことができますか」

言いかけた十兵衛三厳の両刀を一夜が指さした。

「それは……」

十兵衛三厳が困惑した。

「唐物の商いというのは、死蔵されたら成り立ちまへん。主上《しゆじよう》はんや公方はんに献上したもんを返してくれとは言えまへんやろ。まあ、下賜という手立てがありますけど、その二方からのいただきものを売れますか」

「売れるわけなかろう」

将軍家拝領ものは名誉の塊であるとともに、厄災のもとでもあった。

「これを与える」

衣服、武具、茶器、硯《すずり》など将軍が下賜するものは多い。

「公方さまより衣服をいただいた」

お垢《あか》付きと呼ばれる、そのとき将軍が身につけていた羽織や小袖などをいただくのは、寵愛《ちょうあい》の証拠とされている。

「刀を……」

武具の拝領は、家門の誉れになる。

その他のものでも将軍の気に入りでなければもらえない。

柳生家には左門友矩のおかげで、衣服、刀などの拝領品は数えきれないほどあった。

「家宝である」

もらったほうは、子々孫々まで無事に伝える義務があった。

どれだけ窮迫しようとも売ることはできない。見つかれば切腹改易になる。

「見たい」

下賜した将軍だけでなく、後代の将軍が拝領ものを見たがることもある。このとき、刀身に錆《さび》が浮いているとか、衣服に虫食い跡があるとか、茶碗が欠けているなどを指摘されたら、咎めを受ける。

拝領ものは、何十年、何百年と維持し続けなければならず、その費用と手間を負担しなければならなかった。

「では、どうする」

わからないと十兵衛三厳が降参した。

「当代一の目利きがいてますやん」

「淡海屋七《しち》右衛《え》門《もん》どのか」

言われた十兵衛三厳が気づいた。

「わたいが伊賀で見つけたものをお爺はんに見せる。もちろん、お爺はんも唐物問屋として、目利きとして、あかんものはあかんと断じる。けど十のうち一つでも、これはとうなったら、それはもとが五十文のものでも五両、十両になる」

一夜が口の端を吊《つ》り上げた。

「抜け目のない……」

十兵衛三厳がなんともいえない顔をした。

「それが商人《あきんど》でっせ」

ぐっと一夜が胸を張った。

「言いぶんはわかったがな。ゆっくり品定めをしている暇はないぞ」

「やっぱりおまへんか」

釘を刺された一夜がため息を吐いた。

「ここは伊賀だ。伊賀者と柳生家はかかわりが深い」

「お兄はんがいてはるのに」

「吾は好き勝手しておるからの」

首をかしげた一夜に十兵衛三厳が苦笑した。

「さすがに問答無用で襲ってくることはないだろうが、ちょっとした嫌がらせくらいは覚悟しておけ」

「伊賀者……素我部《すがべ》はんとかのする嫌がらせ。うわあ、勘弁や」

江戸に居たときに交流した柳生家の伊賀者素我部一新《いっしん》の忍技を一夜は何度も目の当たりにしている。そのすごさはよくわかっている。

「しっかり付いてこい。今日中に平木《ひらぎ》まで行くぞ」

十兵衛三厳が、一夜の背中を叩《たた》いた。

二

秋山修理亮《あきやましゅりのすけ》の次席用人の軍内《ぐんない》は家臣ではなく、流れと呼ばれる者であった。

流れとは譜代ではなく、年いくらで雇われる者であり、年期が過ぎたらそれまでという主従関係とははかけはなれたものであった。

なぜ流れの用人が生まれたかといえば、やはり泰平に原因があった。

乱世ならば、戦って生きなければならないため、武芸に優れている者が求められた。しかし、戦がなくなり、領地を発展させるあるいは財政を安定させる人材が要る。だが、乱世を終えたばかりの家中には、そういった能力を持つ者が少ない。そこでその手のことに詳しい者を雇い入れようとなる。

「算盤《そろばん》ができれば町人でも、牢人《ろうにん》でもよい」

出自なんぞどうでもいい。今、そういったことの得意な者が欲しい。

そこで一時的に藩士の地位を与え、仕事を任せる。

言うまでもなく、子々孫々まで禄を与える召し抱えではない。家中から内政のできる者が現れるまでの中継ぎのようなもので、年期がくれば後腐れなく関係を断てる。

言いかたは悪いが、使い捨ての便利な道具。これが流れの用人の正体であった。

もちろん、流れから、新参者として家中に迎えられる者もいるが、そのほとんどは数年で他家へ移ってを繰り返した。

となるとなかには、用人として勤めている間に知った秘密を売ったり、重代の家宝を盗んだり、藩の金を横領する者も出てくる。

さすがにそれらは淘汰《とうた》されていくが、世慣れた者でなければ務まらないというのもあり、いろいろな伝手《つて》を持っていた。

秋山修理亮に忍の手配ができないかと訊かれた軍内は、さっそくに付き合いの深い口入れ宿の主人に仲介を依頼していた。

口入れ宿と口入れ屋の違いは、寝泊まりするところがあるかどうかの差である。期間の終わった流れの用人はたちまち宿無しになるため、次の仕事が見つかるまでの生活の場所となってくれる。

「すまぬの。甲府屋《こうふや》どの」

「来たかい、軍内さん」

口入れ宿に来た軍内を主が待っていた。

「まったく難しいことを言ってきて」

「殿に命じられてはの。断れぬ」

じろりと見られた軍内が身を小さくした。

「無理は無理と言わないと、流れの用人は続かないよ」

「わかっておる」

助言にうなずきながら、軍内が声を低くした。

「儂も不惑を越えて五年になる。そろそろこのあたりで腰を据えたいのだ」

「大丈夫なのかい。お侍さんは、すぐに長いものを持ち出すぜ」

流れから家臣にしてもらう足がかりにすると言った軍内を、甲府屋が危なっかしそうな目で見た。

「注意を怠らぬよ。忍を求めるなど、どうせ表にできないことに使うつもりだろう。惣目付の闇を握れる好機」

「そこまで言うなら……」

　肚を据えた顔をした軍内に甲府屋が、

「……葬式まで面倒は見ないからな」

　重い警告を与えた。

「で、忍は」

「一人見つけた。もっとも忍と言うよりくずれだが」

「くずれ……どういうことか」

　軍内が怪訝な表情をした。

「父親が戸隠《とがくし》の忍だったとかで、子供のときから技をしこまれていたらしい。とはいっても、今時忍の仕事なぞないだろう。そこで盗人《ぬすっと》をしてたそうだ」

「盗人か。大丈夫なのだろうの」

「両手では数え切れないほどの大名屋敷に入りこんで、金を盗《と》ったと言っている」

　懸念を表した軍内に甲府屋が答えた。

「どこで見つけて……」

「こういった仕事には、口にできないことがあるんだよ。軍内さん」

詳細を問おうとした軍内を、甲府屋が制した。

「すまなかった」

また世話になることもある。それ以上の詮索を軍内はしなかった。

「で、どうする。お屋敷へ連れていくかい」

「盗人をか……ううむう」

言われて軍内が考えた。

「今日、殿に伺う。明日には返答するということでよいか」

「明日ならばいいよ。あんまり待たせるとどこかに消えるかも知れないからね。なにせ、追われる身だからね」

軍内の返答を甲府屋が認めた。

「では、頼む」

用はすんだと軍内が宿を出た。

惣目付の役目はそうそうあるわけではなかった。というのも潰すべき大名はあらかた潰してしまったうえ、牢人を増加させたことでかえって問題を惹起《じゃっき》してしまったたからであった。

「少し控えよ」

老中から惣目付に歯止めがかけられてもいる。

だが、最近、惣目付は活動を、密《ひそ》かにではあるが再開させつつあった。

その原因が柳生宗矩であった。

将軍家剣術指南役という肩書きも持っているとはいえ、六千石の家禄に四千石という加増を受けた。

さすがに倍とまでは言わないが、それに等しい異例の褒賞である。しかもその理由が、惣目付としての功績となれば、秋山修理亮ら残された惣目付たちが奮起するのも無理のない話であった。

「では、拙者はこれで」

柳生宗矩に的を絞った秋山修理亮は、どこに目を付けてやろうかと幕府へ各大名から差し出される書状に見入っている同僚を残して詰め間を後にした。

「軍内が今日、忍を連れてくるはずだ」

朝、忍のことで出かけてくるとの報告を受けている。秋山修理亮は興奮していた。

「おかえりいい」

門番足軽の声に迎えられた秋山修理亮は、玄関式台で駕籠からおりると軍内を探した。

「付いて参れ」

用人の後ろに控えている軍内を見つけると秋山修理亮が屋敷へと入っていた。

「……要らぬことを申しあげるな。そなたは家中ではない」

立ちあがって後に続こうとした軍内に、用人が釘を刺した。

「お召しでございますれば」

主君に呼ばれたと軍内は、用人の注意には応じなかった。

「図に乗っておるな。殿もなにをお考えなのか。あのような流れ者を重用なさるなど」

用人が苦々しい顔で軍内の背中を睨《にら》んだ。

「いかがであった」

着替えもせずに立ったままで秋山修理亮が軍内に様子を訊いた。

「一人だけは見つかりましてございまする」

「……一人か。まあよい。でかした」

少し不満を見せたが、期間が短かったことを思い出したのか、秋山修理亮が軍内を褒めた。

「で、どこにおる」

会いたいと秋山修理亮が求めた。

「ここへは連れてきておりませぬ」

「なんだと」

首を横に振った軍内に、秋山修理亮の目つきが険しくなった。

「お聞きくださいませ」

流れの用人などやっていると、他人の機微に敏感になる。怒られる前にと軍内が理由を語る許可を求めた。

「……申せ」

そう言われては怒鳴りつけられなくなる。一呼吸置いたが、秋山修理亮が弁明を聞いてやると言った。

「忍など、それも主を持たぬ忍など胡乱《うろん》な者でございまする。いきなり当家に迎え入れては不都合が出るやも知れませぬ」

己が流れであることを棚に上げて、軍内が忍のことを疑った。

「ふむ。もっともな話だの」

秋山修理亮が軍内の言いぶんを認めた。

「そこでどのようなことを命じられるのかを、わたくしが間に入って伝えてはいかがと。さすれば、殿のお顔を忍に晒《さら》さずともよく、うまくいけば当家の名前も出さずにすみましょう」

「……たしかに。余の顔を忍ごときに見せるのはよくないの」

軍内の説得を秋山修理亮が受け入れた。

「では、お任せをいただけましょうや」

「うむ。任せる」

確認した軍内に秋山修理亮がうなずいた。

「つきましては、費《つい》えはいかようにいたしましょう」

「忍とはいかほどかかるものなのだ」

尋ねた軍内に秋山修理亮が訊き返した。

「それは存じませぬ」

流れの用人とか日雇いの人足とかであれば、相場がある。だが、表に出せない仕事をする忍の費用など、わかるはずはなかった。

「その辺も預ける」

「はっ」

武士は金のことを嫌う。あっさりと秋山修理亮が軍内に投げた。

「仕事を引き受けたときに前金、なしたときに後金。前金が四割、後金が六割という形にいたせば、よいかと」

「前金だけで逃げるのではないか」

金のことを話した軍内に秋山修理亮が難しい顔をした。

「せぬとは保証できませぬが、一度でもそれをやると二度と仕事をもらえなくなりまする」

「干上がるということだな」

「はい」

「……では、前金を三割、後金を七割とせよ」

それでも不安はなくならないのか、秋山修理亮が細かい指示を出した。

「そのようにいたしまする」

軍内が首肯した。


佐夜と永和の逃亡と左馬の死を報された柳生宗矩だったが、追っ手を出さなかった。

それだけの余裕がなかったからである。

その代わり、柳生宗矩は供を一人連れて駿河屋を訪れた。

「これは、これは。よくぞおいでくださいました」

いかに豪商でも商人でしかない。駿河屋総衛門は不意の来訪にもかかわらず、柳生宗矩を歓迎して見せた。

「お茶を」

駿河屋総衛門は柳生宗矩を庭に用意した茶室へと案内した。

「おくつろぎを」

そう言って水屋へと一度引いた駿河屋総衛門は、道具の用意をしている奉公人にささやいた。

「絶対に祥を部屋から出さぬように」

駿河屋総衛門は柳生宗矩がなにをしに来たかわかっている。柳生の仕返しなど怖くもない。無理を言えば、堀田加賀守にすがるなど対抗方法はある。

問題は娘であった。

「よき姿であるな。吾が側へ奉公にあげよ」

ようは妾《めかけ》として差し出せという要求である。

そう言われることは避けなければならなかった。

「お断りをいたしまする」

「武士の、柳生の家では不足だと申すか」

断れば、かならずそう言い出す。商人に武士の面目を潰されたと言い出されては、面倒になる。

商売でのことなれば、いくらでも受けてたてる。商いは商人の土俵上にある。しかし、武士の面目は商人の意地よりも強い。

「加賀守さま……」

すがられたところで、堀田加賀守も困る。

「商人ごときに面目を潰されては、黙っておられませぬ」

「ことを荒立てぬように」

武士を中心として幕府はなり立っている。ここで堀田加賀守が駿河屋総衛門の肩を持つことは、執政が幕府の方針に逆らったことになってしまう。

できてもなだめるのがせいぜいで、とても老中の強権を発するとか、咎めをちらつかせて強制するわけにはいかなかった。

「顔も見ずに言い出しては、無理難題になる」

いかに武士が上だといっても、見たこともない女を気に入ったから差し出せとは言えない。

「……お待たせを」

長い打ち合わせはできない。一言だけ奉公人に告げて、駿河屋総衛門は茶室へと戻った。

「主人を務めさせていただきまする」

茶室のなかは世俗から離れる。身分も身代も年齢も関係なく、ただ客ともてなす主人だけ。茶の心得であるが、そのようなものは寝言でしかない。泰平となって身分が固定されると、茶の湯の会でも上下は避けられなかった。

「どうぞ」

見事な点前《てまえ》で駿河屋総衛門が差し出した茶碗を受け取った柳生宗矩が、作法もなにもなく一気に飲み干した。

「苦いの」

音を立てて茶碗を置いた柳生宗矩が顔をしかめた。

「いや、畏《おそ》れ入りましてございまする」

筋の入った姿勢で茶を喫した柳生宗矩の動きは、作法を金科玉条と守るよりもはるかに美しく、駿河屋総衛門を魅了した。

「では、ご用件をお伺いいたしましょう」

すでに顔を合わせたことがある。今さら自己紹介は不要であった。

「…………」

駿河屋総衛門に促されても、柳生宗矩は無言であった。

「ご用件を」

「…………」

もう一度駿河屋総衛門が求めたが、柳生宗矩は動こうとさえしなかった。

「……………」

反応がないと見て取った駿河屋総衛門が、立ちあがった。

「番頭、出かけてくるよ」

茶室を出た駿河屋総衛門が奉公人に声をかけた。

「どちらへお出ましに」

「加賀守さまのところにね」

行き先を尋ねた番頭に駿河屋総衛門が答えた。

「竹吉《たけきち》、お供を」

番頭が手代の一人に命じた。

「待て」

茶室のなかから柳生宗矩の制止がかかった。

「駕籠を呼んでおくれ」

それを駿河屋総衛門は無視した。

「無礼だぞ」

柳生宗矩の供として付いて来た家臣の一人が、駿河屋総衛門の前に立ちはだかった。

「先触れは出したかい」

「今、園吉《そのきち》を向かわせましてございまする」

その供も駿河屋総衛門は相手にしなかった。

「こやつっ」

ないがしろにされた供が駿河屋総衛門に手をかけようとした。

「家を潰しますか」

「……なっ」

低い声で言われた供が動きを止めた。

「店まで来て、その主を害する。どのような言いわけをなさるおつもりですか」

「無礼討ちである」

「惣目付さまにそれが通じればよろしいですな」

伝家《や》の宝刀とばかりに言った供に、駿河屋総衛門が淡々と返した。

「止めよ」

茶室から柳生宗矩が出てきた。

家臣としての引っ込みが付かなくなっていた供が、すなおに引いた。

「駿河屋、話を」

「お伺いする用意はございませぬ」

こっちが訊いたときは反応せず、堀田加賀守の名前が出た途端に交渉を持ちかけるなど論外だと、駿河屋総衛門は拒んだ。

「剣術の遣り取りのおつもりでしょうが、商人には通じませぬ。商人の取引は、最初に互いの条件を出し合って、そこから交渉を始めるもの。なにも言わずにいて、黙って悟れなど、僧侶ではございません」

駿河屋総衛門が怒りを見せた。

「さすがに無礼が過ぎるぞ」

「先触れもなく、用もなく、互いに行き来するほどの交流がないところで凄《すご》まれているお方はどうなのでしょう」

「佐夜はどこへ行った」

「旦那さま、御駕籠の用意が」

ようやく用件を口にした柳生宗矩に応えたのは、番頭の声であった。

「今、行く」

駿河屋総衛門が歩み出した。

「いい加減にせよ」

堪忍袋の緒が切れた柳生宗矩が殺気を発した。

「……くっ」

天下の将軍家剣術指南役の気迫に、さすがの駿河屋総衛門も呻《うめ》いた。

「佐夜はどこだ」

「……存じませぬ」

「一夜はなにを言い残した」

「存じませぬ」

「伊賀者の行方は」

「存じませぬ」

「こやつめ」

震えを残しながらも抵抗し続ける駿河屋総衛門に、柳生宗矩が苛立《いらだ》った。

それを見ながら、駿河屋総衛門が大きく息を吐いた。

「ふう。なかなかきついものですな」

駿河屋総衛門が首を回した。

「気を戻したか」

「完全ではございませんが」

驚いた柳生宗矩に駿河屋総衛門がやせ我慢を見せた。

「見事と褒めておこう。余の殺気を浴びて腰を抜かさぬ者など、そうはおらぬぞ」

「十兵衛さまとお付き合いしていなければ、だめだったでしょうな」

「……十兵衛だと。ここへ来たのか」

柳生宗矩が顔色を変えた。

「淡海さまとお仲がよろしいようで」

「あやつめ、柳生の家がどうなってもよいと」

一夜の名前に柳生宗矩が機嫌を悪くした。

「もうよろしいでしょうか。加賀守さまをお待たせするわけには参りませぬ」

「……はああ」

「偽りではないのか」

柳生宗矩が驚愕した。

「はい。加賀守さまから、柳生がなにか仕掛けてきたらすぐにでも報せよとのご諚《じょう》をいただいておりまする」

「……………」

平然と告げる駿河屋総衛門を柳生宗矩が睨みつけた。

「せっかくお見えいただいたというに、お茶だけでお帰ししては当家の名折れ。お土産を一つ差しあげましょう」

「土産だと」

言った駿河屋総衛門に柳生宗矩が怪訝な顔をした。

「淡海さまは、柳生の郷へ向かわれました」

「……帰るぞ」

土産を受け取った柳生宗矩が駿河屋を後にした。

「馬鹿か、そうでないか。これで知れますな」

見送った駿河屋総衛門が呟《つぶや》いた。

三

平木宿を出るとすぐに長野《ながの》峠がある。

「ほんまに伊賀は山と谷しかおまへんなあ」

峠の頂上で休みながら、あらためて一夜は感心していた。

「こら、外へ出んと食っていけへんわ」

一夜は伊賀者の定めにため息を吐いた。

「柳生もこれほどではないが、十分な耕作地があるとは言えぬ」

十兵衛三厳も嘆息した。

「そうやねん。それをなんとかせんとな。これから柳生も人が増える」

「増える……」

一夜の言葉に十兵衛三厳が首をかしげた。

「戦がなくなったんやで」

「たしかに死人は減る」

　十兵衛三厳が首肯した。

「それだけやったら増えへんで。増えるんや」

「流民か」

　食えずに生まれ育った土地を離れる者は、どこにでもいた。

「違う。戦がなくなった。となれば、安心して子育てができるやろう」

「そちらか」

　あきれた口調の一夜に、十兵衛三厳が手を叩いた。

「鼠ほどやないけど、人も増え始めたら早いで。子供が一人前になるまでに六年しかないんやからな」

　跡継ぎでない子供は六歳で商家へ奉公に出るか、職人に弟子入りするかを選ぶ。百姓だと、畑仕事ができればいいと四歳ぐらいから、家の手伝いをする。

「六年……短いな」

　十兵衛三厳が首を左右に振った。

「そうや。短い。その短い期間にできるだけ、財政を好転させて余裕を持っておかんとあかん」

「厳しいな」

言われた十兵衛三厳が難しい顔をした。

「人の足を引っ張っている間なんぞないというに……」

「気づいたの。なかなかやる」

あきれかえる一夜に十兵衛三厳が満足げにうなずいた。

「そこの竹藪《たけやぶ》にいてる奴、出ておいで」

一夜が指さした。

「もう一人はわかるか」

「……わからん」

十兵衛三厳にまだ一人隠れていると教えられた一夜だったが、見つけることはできなかった。

「あの先の松、中程の枝」

「……あれ人か。瘤《こぶ》にしか見えへんわ」

十兵衛三厳の指先を追った一夜が目を見開いた。

「弓を持っている。半弓より大きく、大弓より小さい。射間よりも威力を目的としたものだろう」

「射間……ああ、二の矢を放つまでの間ですか」

「参った」

竹藪が揺らいで忍装束が姿を見せた。

「どうしてわかった」

伊賀者が訊いた。

「教えるわけあらへんやろ。敵か味方かもわかってないのに。いや、敵に」

一夜が手を振った。

「だの」

十兵衛三厳も同意した。

「敵だと……」

言いながら伊賀者が、さりげなく立ち位置を変えた。

「……止めておけ。それ以上は許さぬ」

目の前の伊賀者ではなく、背後の伊賀者へ十兵衛三厳が告げた。

「さすが柳生の跡継ぎどの」

姿をみせた伊賀者が称賛した。

「こちらとしても新陰流《しんかげりゅう》の鬼と遣り合う気はござらぬ」

「なら、弓の弦《つる》を外せ」

伊賀者の言葉に十兵衛三厳が当然の要求をした。

弓は弦を外せば、すぐには使えなくなる。簡単に再装着できるものではないからであった。

「それはできませぬ」

伊賀者が拒絶した。

「ならば、戦うことになる」

十兵衛三厳の腰が少し落ちた。

「だが、後の矢を防ぎつつ、こやつまで守れるか」

伊賀者が一夜目がけて忍刀で斬りかかろうとした。

「ぬん」

振り向きもせず、十兵衛三厳が背後から狙ってきた矢を斬り払った。

「はっ、やっ」

続けざまに飛んでくる矢を十兵衛三厳はすべてたたき落とした。

「……なぜ、気が散らぬ」

一夜に襲いかかった伊賀者が息を呑んだ。

「守ってやらぬから、哀れにも、こやつは……」

伊賀者の忍刀が一夜の胸に少し刺さっていた。

「哀れはそちらよ」

冷たく言い返した十兵衛三厳が、懐から小刀を取り出して、投げた。

「ぐえっ」

弓を射ていた伊賀者の喉を小刀が貫いた。

「一夜を傷つけねば、見逃してくれたものを」

「ちくちくしまんなあ」

一夜がのんびりとした声を出した。

「なんだとっ」

伊賀者が絶句した。

「こいつを殺したかったら、首か顔を狙え。衣服などで隠れているところには、なにか仕込んでいるからな」

十兵衛三厳が太刀《たち》を小さく振った。

「……ぎい」

忍刀を握っていた伊賀者の腕が肘から落とされた。

「いろいろしゃべってもらわぬと困るのでな」

冷たい目で右腕を左腕で押さえている伊賀者の膝を十兵衛三厳が断った。

「ぐうう」

悲鳴をあげなかったのはさすがだが、片足の膝から下がなくなっては、いかに伊賀者でも立っていることはできない。伊賀者が転がった。

「これで逃げられぬ」

十兵衛三厳はそう言いながらも切っ先を伊賀者に向け、油断を見せなかった。

「もうちょっと木を厚うすべきかなあ。切っ先がちょっととはいえ、突き刺さったし。でもそれすると動きにくうなるし、不細工になる」

一夜が衣服のなかをあらためていた。

「今度はなにを仕込んだ」

興味津々という体《てい》で十兵衛三厳が問うた。

先だって、一夜は美濃紙《みのがみ》を重ねて裏張りにした道中笠《どうちゅうがさ》で手裏剣を防いでいる。そのときも十兵衛三厳は食い付くように訊いてきた。

「よう似たもんでっせ。濡《ぬ》らした美濃紙で薄い杉板を挟んだだけですわ」

「杉板……どこでそのようなものを」

十兵衛三厳が驚いた。

「どこにでもおますがな。弁当箱」

「……弁当箱か」

一夜の答えに十兵衛三厳が手を打った。

旅籠を出発するとき、ほとんどの場合、中食《ちゅうじき》用の弁当を頼む。多くは竹の皮に握り飯と漬物を包んだだけのものになるが、ちょっと高めの旅籠であれば、檜《ひのき》や杉などの輪っぱに飯と菜などを詰めてくれた。

「美濃紙は濡らすと刃物を通さんようになりますし」

「全身か」

「そんなにおまへんわ。胸の真ん中五寸（約十五センチメートル）四方しか守れまへん」

問うた十兵衛三厳に一夜が首を横に振った。

「それでは防げまい」

十兵衛三厳が疑問を呈した。

「誘導したら……あるいはこっちが動けば」

「……なるほど」

にやりと嗤《わら》った一夜に十兵衛三厳が納得した。

「そなたなら、相手がどこを狙うかはわかるな」

「目の動き、足の指の向き、手首のひねり方……十分でんな。あとは喉の辺りを見ていれば、いつくるかもわかりますわ」

「左門の一撃をかわしたそなたにとって、伊賀者の動きなどたいしたものではないか」

「……わかったか」

十兵衛三厳が頬を引きつらせた。

「くっ」

見下ろされた伊賀者が歯がみをした。

「こいつが柳生の血筋だとは知っているだろうに。商人あがりなどと甘く見るから、そういう目に遭う」

「……………」

血に濡れながら、伊賀者が横を向いた。

「どうせ、江戸から言われたんですやろ」

一夜が口を挟んだ。

「伊賀に恨まれる覚えはおまへんし」

「そういうところだろうな」

一夜の推測を十兵衛三厳も認めた。

「……………」

伊賀者は無言を貫いた。

「腕は拙《つたな》いが、肚は据わっているな。戦えぬ状態で敵の手に捕らえられているのに、自害しようとしない」

十兵衛三厳が感心した。

「自害……うわあ」

一夜が嫌そうな顔をした。

「それが伊賀の掟《おきて》だぞ。生きて捕らえられるのは恥」

「捕まるのは、たしかに恥ですやろ。己と相手の力量の差を見抜けなかった証拠ですよって」

教えられた一夜がうなずいた。

「でも自害は愚か。一人前の伊賀者を育てあげるに、どれだけのときと金がかかってるのか。死んだら、それが全部無駄になりますねんで」

「死んだら無駄か。たしかにそうだな」

「…………」

十兵衛三厳が一夜の言いぶんに同意し、伊賀者は啞然《あぜん》とした。

「ところで、こうなってもこれが生きている理由は」

一夜が冷たい目で伊賀者を見た。

「増援が来るまでの足留めだろうな」

あっさりと十兵衛三厳が言った。

「もう一人は死んでまっせ」

木から落ちて、変な方向に首を曲げている弓矢持ちの伊賀者を一夜が指さした。

「伊賀には、見届け役というのがあるそうだ」

「見届け役……」

十兵衛三厳の口から出た言葉に、一夜が首をかしげた。

「味方の役目を遠くから見ている者だという」

「見てるだけ。なんの意味がおますねん」

一夜が疑問を口にした。

「任が成功したか、失敗したかが確認できる。さらに失敗したならば、なぜそうなったかを郷へ報せることができる」

「忍っちゅうのは、無駄なことをしますねんなあ。その一人分を戦力とすれば、失敗せえへんようになりますやろうに」

「それでも失敗することはあるだろう。相手が強すぎたとか、罠があったとか」

あきれた一夜に十兵衛三厳が告げた。

「それくらい最初に調べとかなあきまへん。相手がどのようなのかをしっかりと学んで、十分かつ最低限の人数でことをなす。そうでなければ、伊賀者に仕事なんぞ頼めますかいな。やってみてから考えるなんて、子供やあるまいし」

一夜が伊賀者を断じた。

「お、おまえは……」

血の気を失いながらも伊賀者が一夜に反論しようとした。

「言い返せるか。現実、お兄はん、いやさ十兵衛はんの強さを測りきれずに、二人目も無駄死にしそうなのに」

「……………」

伊賀者がなにも返せなかった。

「来たな」

十兵衛三厳の雰囲気が変わった。

「こやつの……」

死に瀕《ひん》していたはずの伊賀者が一夜を指さして大声をあげた。

「うるさい」

すっと十兵衛三厳が伊賀者の喉を太刀でなぞった。

「……ごぼっ」

喉をやられた伊賀者が血泡を吹いて窒息した。

「よろしいんか。なんも聞き出せてまへんけど」

「申したであろう。伊賀者はしゃべらぬと」

「ほな、なんのために生かしておいたんです」

わけがわからないと一夜が問うた。

「増援を呼ばせるためだ」

「……敵を増やすためと」

「いや、敵を殲滅《せんめつ》するためだ。伊賀者は仲間を見捨てるが、それは任のため。その任が我らを除外することであれば、生きている仲間を救う大義名分になるだろう」

「伊賀者の仲間思いを利用したと」

一夜が震えた。

「根絶やしにせぬ限り、伊賀者はあきらめぬ。抵抗する力を奪うしかない。でなければ、そなたは死ぬまで、伊賀者の姿に怯《おび》えて過ごさねばならぬ」

「……おおきに」

十兵衛三厳の行動が己を思ってのものと知った一夜が泣きそうな顔をした。

「気にするな。代価はしっかりと取る。柳生を豊かにしてもらう」

死んだ伊賀者の懐を探った十兵衛三厳が棒手裏剣を取りあげた。

「それは任してんか。二万石くらいにはするさかい。ただし、お兄はんが当主になったらやけどなあ」

「柳生の民のためにはしてくれぬか」

胸を張った一夜に十兵衛三厳が願うように言った。

「ないなあ。顔を知らんし、何一つ世話にもなってないから」

「…………」

「わたいの手の届く範囲は狭いねん。そのなかに入れられるものは少ない」

「父がもう少し……まともであったら」

「二十年ほったらかしただけならまだしも、無理矢理呼び出してただでこき使おうなんてしたんやで。もしもの話をするなら、二十年前に母を抱くな」

厳しく一夜が拒絶した。

「父のぶんまでそなたを守らなければならぬな」

十兵衛三厳が足を踏み出した。

「そこから動くな。いざというときは笠を使え」

「はい」

素直にうなずいた一夜が少しでも小さくなるよう、笠を抱いて、その場でしゃがみこんだ。

「手出しご無用になされよ」

ふっと湧くように現れた忍装束の伊賀者が十兵衛三厳に声をかけた。

「断る」

「殿より、お手向かいのおりは、多少の怪我はやむなしとのお許しをいただいておりまする」

「父が……」

十兵衛三厳が少し目を大きくした。

「さようでございまする。もう一人のお方も江戸へお連れするだけでございまする」

「江戸……生涯座敷牢《ざしきろう》か。勘弁やな」

聞こえていた一夜がとんでもないと首を左右に振った。

「そんなことをしたら藩が潰れると、まだわかっていないようだな」

十兵衛三厳もため息を吐いた。

「われらには、そのようなお話はかかわりございませぬ」

伊賀者が関係ないと返した。

「関係はあるぞ。命の遣り取りをすることになった、吾とな」

「……いたしかたございませぬな」

姿を見せていた伊賀者が消えた。

「外連《けれん》が通じると思うな」

十兵衛三厳が握りこんでいた棒手裏剣を投げた。

「ぐっ」

あらかじめ設けてあった峠の崖下の足場に跳んだ伊賀者が、そのまま落ちていった。

「しゃっ」

「…………」

たちまち十兵衛三厳めがけて棒手裏剣が飛んできた。

「当たるわけなかろう」

十兵衛三厳にしてみれば、手裏剣など鳥の飛んでいるのと変わらない。かわし、たたき落とし、かすり傷さえ負わなかった。

「二人か」

手裏剣の飛んできた方向から十兵衛三厳は伊賀者の数を見抜いた。

「……くっ」

「ちっ」

伊賀者二人の動揺が伝わってきた。

「それも甘い」

十兵衛三厳が、振り向きざまに太刀を下段から斬りあげた。

「…………」

上から飛び降りてきた伊賀者が十兵衛三厳の一撃を喰らってのたうちまわった。

「舌打ちなどするからだ。忍は心を乱さぬもの。その忍が数を読まれただけで、動揺してどうする。芝居は忍の技ではないようだな」

「こいつっ」

「許さぬ」

嘲笑した十兵衛三厳に伊賀者二人が激発した。

「……止めとき」

戦いに見入っていた一夜が、林に向かって話しかけた。

「見え見えの手過ぎるわ。十兵衛はんを手一杯にして、こちらへ助けに回る余裕をなくすという策なんやろうけど、千年前の手段やで」

一夜が嗤った。

「…………」

棒手裏剣が二本、返事の代わりに飛んできた。

「……重っ」

笠を盾にした一夜が思わず口にした。

「鉄の芯やからなあ。重くて当然か」

一夜が笠を振って、刺さっていた棒手裏剣を振り落とした。

「手裏剣が効かないとなれば、次は刀やろ」

「こいつっ」

当てられた伊賀者が林から飛び出しながら、吐き捨てた。

「死ねっ」

「生きて江戸へ連れて行くんちゃうんかい」

「……うっ」

殺すつもりで迫って潜んでいた伊賀者が、一夜の言葉に一瞬戸惑った。

「あほう」

一夜がすかさず懐から出した紙袋を破りながら砂を撒《ま》いた。

「ぐわっ……ぎゃああ」

「遠州《えんしゅう》名物の歯磨き砂じゃ」

顔に細かい砂をぶつけられた伊賀者が苦悶《くもん》した。

「えらい損やで。土産に買《こ》うてたのに」

文句を言いながら、一夜が顔を必死でこする伊賀者に太刀を振りかぶって斬りつけた。

「あああ」

左の首の根元を割かれた伊賀者が血を噴き上げた。

「左座《ぞうざ》」

「おのれっ」

仲間の死を見た二人の伊賀者がさらに怒った。

「他所見《よそみ》をするだけの余裕はないはずだ」

十兵衛三厳が太刀をひらめかせて二人の伊賀者を屠《ほふ》った。

「……終わったな」

少しだけ周囲を警戒した十兵衛三厳が残心の構えを解いた。

「見届け役はいてへんの」

「おるまいよ」

一夜の疑問に十兵衛三厳が答えた。

「なんで」

先ほどの話と違うと一夜が怪訝な顔をした。

「最初に三人、後から四人。合わせて七人の術者を出した。これ以上の数はおるまい。いたとしても、こいつらより数段落ちる。そのような者を出したところで、死人が増えるだけよ」

十兵衛三厳が述べた。

「少なくないか。伊賀の郷の忍がそのていどで尽きるとは思えへんけど」

「伊賀は大きく三つに割れている。服部《はっとり》、百地《ももち》、藤林《ふじばやし》にな」

「そういえば、伊賀は甲賀と違って、組まないと素我部はんから聞いたような」

一夜が思い出そうとした。

「そのうち服部に与している者は、御上の伊賀組になった。そして藤林はいまだに独歩」

「ということは百地か」

十兵衛三厳の説明に一夜が理解を示した。

「百地は織田信長公の伊賀攻めで勢力を大きく削られた」

「あれ、ほな、こいつらは」

一夜が首をかしげた。

「三家に属しておらぬ者をまとめている下山甲斐《しもやまかい》の配下よ。下山家と柳生家は領地も近く古くから付き合いがあった」

「下山……」

一夜が混乱した。

「もとは伊賀の守護だった仁木《にっき》氏の重臣でな。伊賀忍の頭領と敬われていた一族だが、信長公の伊賀侵略を手助けしたとして、一気に力を失った。柳生とは理由は違うが、同じ没落した者同士で気があったのかも知れぬが、以降交流ができた。そこから柳生は伊賀者を出してもらっていた。配下に禄を与えられぬくらい衰退した下山も負担が減るから、喜んで差し出してくれていた。とはいえ、服部らの三家と違って、配下の忍の数も少ない」

「なるほど。それでそろそろ打ち止めだと」

説明に一夜が納得した。

「とはいえ、このまま放置しておくわけにもいかぬでな。下山には釘を刺しておかねばならぬ。それでも聞かぬのならば、吾《わ》が代になったとき縁を切る」

「なにも敵の本拠地へ行かんでも」

決意を見せる十兵衛三厳に一夜が嫌そうな顔をした。

「なにを言う。そなたも戦えるではないか」

十兵衛三厳が、一夜によって討たれた伊賀者へ目をやった。

「あんなん、偶然のおかげや。目潰しなんぞ一回しか効かへんで」

「よくわかっている。奇手は一度しか通じぬ」

一夜の意見を十兵衛三厳は受け入れた。

「ほな……」

「だからこそ、正道を学ばねばならぬ」

「へっ」

引き返そうとの願いを一蹴された一夜が妙な声を漏らした。

「柳生に戻ったら、一から叩きこんでくれよう」

十兵衛三厳が口の端をゆがめた。

会津の城下に着いた柳生家の小者は、白鳥屋という旅籠で虎屋睦吉《とらやむつきち》と名乗っている伊賀者に接触した。

「承知したと伝えてくれ」

虎屋睦吉が柳生宗矩の指図を受けた。

「筆頭家老と藩主の間でもめ事をか」

命じられたことを虎屋睦吉がどうするべきかと考えた。

「簡単な方法でいいな」

虎屋睦吉がつぶやいた。

筆頭家老堀主水の権力は藩主を凌《しの》ぐ。

「先代さまより、殿のことを頼むと」

堀主水はことあるごとにこれを口にするが、事実なだけに加藤明成は反論できない。

「ご当主さまでも殿には逆らえぬ」

虎の威を狐が借りるのはいつものことである。堀主水の家臣たちの態度が大きくなるのに暇《いとま》はかからなかった。

「邪魔をするな」

「御家老さまの家中である」

陪臣が城下を我が物顔で行き来することに、不満を持つ藩士は多い。

「ちょうどよいな」

背中に小間物の荷を背負って城下を売り歩く振りをしていた虎屋睦吉が、お堀端で藩士と堀主水の家臣たちが行き交おうとしているのを見つけた。

「…………」

虎屋睦吉が城下をうろついている最中に拾っておいた小石を、藩士の肩へ投げた。

「痛っ。なにをいたす」

ちょうどすれ違っているところであった藩士は、堀主水の家臣の誰かがぶつかってきたと勘違いした。

「なんじゃ」

堀主水の家臣たちが足を止めた。

「他人に肩をぶつけておきながら、詫びもなしか」

藩士が苦情を言った。

「なんのことだ」

「今、拙者の肩に触れたであろう」

怪訝な顔をした堀主水の家臣たちに、藩士がとぼけられたと思い怒った。

「そのようなことはせぬ」

堀主水の家臣たちが否定した。

「いや、確かに当たった。偽りを申すな」

「なんだと。こちらの言うことを嘘だと言うか」

日頃の仲の悪さが、騒動を大きくした。

「陪臣の身分で」

「堀家に……」

ついに互いに刀を抜く。

白刃には人を狂気に染める圧力がある。

「抜いたな」

「やる気か」

藩士と堀主水の家臣たちが斬り合いになった。

「止めよ」

「お城近くでなにをするか」

気づいた町奉行の配下が割って入り、死人が出るところまではいかなかったが、双方に怪我人が出た。

ただの喧嘩《けんか》だといえば、喧嘩なのだが怪我人が出ている。さすがにこのままなかったことにはできない。とはいえ、相手は藩士と筆頭家老の家臣である。

「いかがいたしましょう」

町奉行はかかわることから逃げ、藩主加藤明成にことをあげた。

「陪臣でありながら、不遜である」

堀主水への怒りを、加藤明成はその家臣へとぶつけた。

たいした調べもせず、堀主水の家臣たちを咎め、藩士は構いなしという裁断を下した。

「喧嘩は両成敗が御上の決められたこと」

納得できなかった堀主水が、加藤明成に再判断を要求した。

「余の決断に異を唱えるなど、分《ぶん》をわきまえよ」

少しだけ心の鬱憤を晴らした加藤明成は、堀主水の態度に怒りを再燃させた。

「執政の職を解く。屋敷にて慎んでおれ」

加藤明成は堀主水を罷免した。

「火は付いたな」

城下の不穏が増したことを確認した虎屋睦吉は、会津の城下をより混乱させるために、商売で話をする武家の奥方や女中に内緒話を重ねた。

「殿さまは堀さまを誅《ちゅう》されるおつもりだという噂を聞きましたが、大丈夫でしょうか。

商いに差し障るようなら、ご城下を離れることも考えねばなりませんし」

「そんな噂が……」

女たちは噂が大好きである。あっという間に噂は城下を席巻《せっけん》し、会津は緊迫の度合いを強めていった。


左門友矩のもとに最初の使者番が着いた。

「公方さまのご諚である」

そう言われては国元の代官ではどうしようもない。

使者番は左門友矩のもとへたどり着き、家光の言葉を伝えた。

「わたくしに巡見使を……ああ、公方さまはわたくしめのことをお忘れではなかった」

平伏して聞いた左門友矩が、感激した。

「十全に用意をいたし、任を果たせ」

「謹んで承りまする。ところで任地は何処《いずこ》でございましょう」

諸国巡見使といえども全国津々浦々を巡ることはなかった。

「それについては、ご老中堀田加賀守さまの副状《そえじょう》に記されておる」

左門友矩の質問に使者番が上意の封書とは別のものを渡した。

「拝見仕《つかまつ》る」

堀田加賀守のものとはいえ、扱いは家光の代わりである。頭より高く左門友矩が捧《ささ》げるように出した両手で副状を受け取った。

「……なんだとっ」

「ひっ」

読んだ左門友矩がすさまじい殺気を放った。

「九州全土だと……拙者をどうしても公方さまから離したいのだな」

左門友矩が副状を握りつぶした。

「……たしかに渡したぞ」

足を震わせながら、使者番が逃げ出すようにして左門友矩の前から去った。

「よかろう。そっちがそのつもりならば、もう辛抱はせぬ」

左門友矩が副状を引き裂いた。

「九州に行ってくれる。ただ、どの経路を取れとの指示はない。ならば、東海道を下り一度江戸へ出てから中山道《なかせんどう》を上っても問題はあるまい。最後の行き先は九州なのだからな」

左門友矩が吐き捨てるように言った。

「公方さまの御使者である」

そこへ二人目の使者番が息をきらせてやって来た。

「……なんと」

使者番二人が連続でくるなど異例であったが、拒否も疑念を持つことも許されない。

「畏れ入れ」

二人の使者番が左門友矩に命じた。

「承れ」

平伏した左門友矩に二人目の使者番が家光の書状を手渡した。

「内容は密にいたせとのご諚ゆえ、拙者はこれで」

役目は終えたと二人目の使者番も帰っていった。

「公方さまからの密書……」

一拝した左門友矩が密書を開けた。

「…………」

読み終えた左門友矩が昏い眼で宙を見た。

「お許しが出た。ついについに」

左門友矩が歓喜の声をあげた。

「柳生を滅ぼせ、御命拝受」

ぞっとするような笑みを左門友矩が浮かべた。

「公方さまとの仲を裂いた報い。思い知るがいい」

左門友矩が声もなく哄笑《こうしょう》した。

小学館文庫
好評既刊

勘定侍 柳生真剣勝負〈一〉 召喚

上田秀人

ISBN978-4-09-406743-9

大坂一と言われる唐物問屋淡海《おうみ》屋の孫・一夜は、突然現れた柳生家の者に御家を救えと、無理やり召し出された。ことは、惣《そう》目《め》付《つけ》の柳生宗矩《むねのり》が老中・堀田加《か》賀守《がのかみ》より伝えられた、四千石の加増にはじまる。本禄と合わせて一万石、晴れて大名となった柳生家。が、大名を監察する惣目付が大名になっては都合が悪い。案の定、宗矩は役目を解かれ、監察される側に立たされてしまう。惣目付時代に買った恨みから、難癖をつけられぬよう宗矩が考えた秘策が一夜だったのだ。しかしなぜ召し出すのが商人なのか？　廻国中の柳生十兵衛も呼び戻されて。風雲急を告げる第１弾！

小学館文庫
好評既刊

勘定侍 柳生真剣勝負〈三〉 画策

上田秀人

ISBN978-4-09-406874-0

大坂商人から柳生家の勘定方となった淡海《おうみ》一《かず》夜《や》。当主の宗矩《むねのり》から百石を毟《むし》り取り、江戸屋敷で暮らしはじめたのはいいが、ずさんな帳面を渋々改めているなか、伊賀忍の佐夜を女中として送り込まれ、さらには勘定方の差配まで任される始末。そのうえ、温かい飯をろくに食べる間もなく、柳生家出入りの大店と商談しなければならないのだ。一方、老中の堀田加賀守《かがのかみ》は妬心を剝き出しに、柳生の国元を的にする。他方、一夜の祖父・七右衛門は、孫を取り戻すべく、柳生家を脅かす秘策を練る。三代将軍・家光も底意を露わにし、一夜と柳生家が危機に陥り……。修羅場の第３弾！

小学館文庫
好評既刊

勘定侍 柳生真剣勝負〈四〉
洞察

上田秀人

ISBN978-4-09-407046-0

女中にして見張り役の伊賀忍・佐夜を傍に、柳生家勘定方の淡海《おうみ》一夜《かずや》は、愚痴りながら算盤《そろばん》を弾いていた。柳生家が旗本から大名となったお披露目に、お歴々を招かねばならぬのだ。手抜かりがあれば、弱みを握られてしまう宴席に、一夜は知略と人脈を駆使する。一方、柳生家改易を企み、一夜を取り込まんとしたが、失敗に終わった惣目付の秋山修理亮《あきやましゅりのすけ》は、ある噂を耳にし、再び甲賀組与力組頭の望月土佐を呼び出す。さらに柳生の郷では、三代将軍家光が寵愛する友矩《とものり》に、老中・堀田加賀守《かがのかみ》が送り込んだ忍の魔手が迫る！　一夜の策は功を奏すのか？　間一髪の第４弾！

小学館文庫
好評既刊

勘定侍 柳生真剣勝負〈五〉
奔走

上田秀人

ISBN978-4-09-407117-7

柳生家の瓦解を企む老中・堀田加賀守《かがのかみ》が張り巡らせた罠をことごとくすり抜けた、勘定方の淡海《おうみ》一《かず》夜《や》。なおも敵に体勢を立て直す余裕を与えまいと、不意打ちの如く加賀守の屋敷まで赴き、驚愕の密約を持ちかけた。三代将軍・家光の寵愛《ちょうあい》を独り占めにしたい加賀守。一刻も早く士籍を捨て帰坂、唐物問屋を継ぎたい一夜。互いに利を見出す密約の中身とは？　一方、十兵衛は柳生の郷を出て大坂へと向かい、宗矩《むねのり》は家光から命じられた会津藩加藤家への詭計を画策する。さらに一夜をともに慕う、信濃屋の長女・永和《とわ》と女伊賀忍・佐夜が、相まみえる！　乾坤一擲《けんこんいってき》の第５弾！

小学館文庫
好評既刊

勘定侍 柳生真剣勝負〈六〉
欺瞞

上田秀人

ISBN978-4-09-407188-7

一夜が居候する駿河《するが》屋に淡海《おうみ》屋七右衛門から焼き物が届いた。大坂一の商人が出した謎かけを受けて立った総衛門は、早速焼き物を手に老中・堀田加《か》賀守《がのかみ》の屋敷へ。その頃一夜は伊賀忍の素我部《すがべ》を呼び出し、柳生家を危うくする計略を耳打ちしていた。素我部からの知らせを聞き、一夜に激怒する柳生藩主の宗矩《むねのり》。三代将軍家光が寵愛《ちょうあい》する柳生左門を巡り、敵味方の奇策が飛び交う中、一夜は秘密裏に旅支度を備える。そして上方では、信濃屋の長女・永和《とわ》が一夜を心配するあまり、住み込みで手伝っていた淡海屋を飛び出そうと七右衛門と押し問答に……。大車輪の第６弾！

小学館文庫
好評既刊

死ぬがよく候〈一〉
月

坂岡 真

ISBN978-4-09-406644-9

さる由縁《ゆえん》で旅に出た伊坂八郎兵衛は、京の都で命尽きかけていた。「南町の虎」と恐れられた元隠密廻り同心も、さすがに空腹と風雪には耐え切れず、ついに破《や》れ寺《でら》を頼り、草鞋《わらじ》を脱いだ。冷えた粗菜にありついたまではよかったが、胡散臭《うさんくさ》い住職に恩を着せられ、盗まれた本尊を奪い返さねばならぬ羽目に。自棄《やけ》になって島原の廓《くるわ》に繰り出すと、なんと江戸で別れた許嫁《いいなずけ》と瓜二つの、葛葉《くずのは》なる端女郎《はしじょろう》が。一夜の情を交わした翌朝、盗人どもを両断すべく、一条戻橋《いちじょうもどりばし》へ向かった八郎兵衛を待ち受けていたのは……。立身《たつみ》流の秘剣・豪撃《こわうち》が悪党を乱れ斬る、剣豪放浪記第1弾！

小学館文庫
好評既刊

人情江戸飛脚
月踊り

坂岡 真

ISBN978-4-09-407118-4

どぶ鼠の伝次は余所様《よそさま》の隠し事を探る商売、影聞きで食べている。その伝次、飛脚を商う兎屋の主で、奇妙な髷《まげ》に傾《かぶ》いた着物をまとう粋人の浮世之介にお呼ばれされた。瀟洒《しようしや》な棲家《すみか》狢亭《むじなてい》に上がると、筆と硯《すずり》を扱う老舗大店の隠居・善左衛門がいた。倅の嫁おすまに悪い虫がついたらしく、内々に調べてほしいという。「首尾よく間男と縁を切らせたら、手切れ金の一割、千両なら百両を払う」と約束する隠居に、生唾を飲み込む伝次。ところが、思わぬ流れとなり、邪な渦に呑み込まれ……。風変わりで謎の多い浮世之介とともに弱きを救い、悪に鉄槌《てつつい》を下す、痛快無比の第１弾！

小学館文庫
好評既刊

春風同心十手日記〈一〉

佐々木裕一

ISBN978-4-09-406843-6

定町廻り同心の夏木慎吾が殺しのあったという深川の長屋に出張ってみると、包丁で心臓を刺されたままの竹三が土間で冷たくなっていた。近くに女物の匂い袋が落ちていたところを見ると、一月前に家を出ていった女房おくにの仕業らしい。竹三は酒癖が悪く、毎晩飲んでは、暴力をふるっていたらしいのだ。岡っ引きの五六蔵《ごろぞう》や女医の華山らに助けを借りて探索をはじめた慎吾だったが、すぐに手詰まってしまい……。頭を抱えて帰宅した慎吾の前に、なんと北町奉行の榊原忠之が現れた⁉　しかも、娘の静香まで連れているのは、一体なぜ？　王道の捕物帳、シリーズ第１弾！

小学館文庫
好評既刊

土下座奉行

伊藤尋也

ISBN978-4-09-407251-8

廻り方同心の小野寺重吾はただならぬものを見てしまった。北町奉行所で土下座をする牧野駿河守《するがのかみ》成綱《なりつな》の姿だ。相手は歳といい、格といい、奉行よりうんと下に見える、どこぞの用人。なのになぜ土下座なのか？　情けないことこの上ない。しかし重吾は奉行の姿に見惚《みと》れていた。まるで茶道の名人か、あるいは剣の達人のする謝罪ではないか、と……。小悪を剣で斬る同心、大悪を土下座で斬る奉行の二人組が、江戸城内の派閥争いがからむ難事件「かんのん盗事件」「竹五郎河童《かっぱ》事件」に挑む！　そしていま土下座の奥義が明かされる――能鷹隠《のうよういん》爪《そう》の剣戟《けんげき》捕物、ここに見参！

本書のプロフィール

本書は、小学館文庫のために書き下ろされた作品です。

小学館文庫

勘定侍《かんじょうざむらい》　柳生真剣勝負《やぎゅうしんけんしょうぶ》〈七〉

旅路《たびじ》

著者　上田秀人《うえだひでと》

二〇二三年六月十一日　初版第一刷発行

発行人　石川和男
発行所　株式会社　小学館
〒一〇一-八〇〇一
東京都千代田区一ツ橋二-三-一
電話　編集〇三-三二三〇-五九五九
　　　販売〇三-五二八一-三五五五
印刷所————中央精版印刷株式会社

ISBN978-4-09-407265-5